AF850893

Rüdiger Bertram

Stinktier & Co

Stunk unterm Weihnachtsbaum

Stinktier & Co

Rüdiger Bertram

Stunk unterm Weihnachtsbaum

Mit Illustrationen
von Thorsten Saleina

cbj

Bei diesem Buch wurden die durch das verwendete Material und die Produktion entstandenen CO_2-Emissionen ausgeglichen, indem der cbj-Verlag ein Projekt zur Aufforstung in Brasilien unterstützt.
Weitere Informationen zu dem Projekt unter:
www.ClimatePartner.com/14044-1912-1001

MIX
Papier aus verantwortungsvollen Quellen
FSC® C014496

Penguin Random House
Verlagsgruppe FSC® N001967

Wir produzieren Klimaneutral
ClimatePartner.com/14044-1912-1001
Druckprodukt

Sollte diese Publikation Links auf Webseiten Dritter enthalten, so übernehmen wir für deren Inhalte keine Haftung, da wir uns diese nicht zu eigen machen, sondern lediglich auf deren Stand zum Zeitpunkt der Erstveröffentlichung verweisen.

3. Auflage
© 2017 cbj Kinder- und Jugendbuch Verlag
in der Penguin Random House Verlagsgruppe GmbH,
Neumarkter Straße 28, 81673 München
Alle Rechte vorbehalten
Innenillustrationen: Thorsten Saleina
Einbandgestaltung: Geviert unter Verwendung einer Zeichnung von Thorsten Saleina
AW · Herstellung: UK
Satz: Uhl + Massopust, Aalen
Druck: GGP Media GmbH, Pößneck
ISBN 978-3-570-17487-6
Printed in Germany

www.cbj-verlag.de

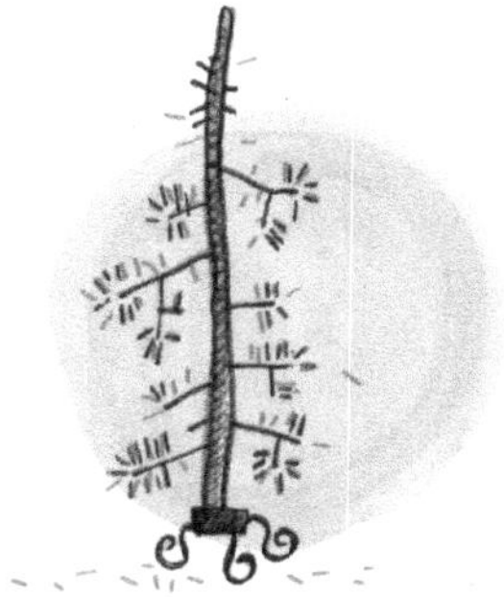

Inhalt

1. Frühsport auf vier Pfoten * 7
2. Ein Tier für Kati? * 18
3. Schwein gehabt * 30
4. Aufs Glatteis geführt * 42
5. Es geht um die Wurst * 53
6. Duftbomben * 64
7. Große Klappe, nichts dahinter * 75
8. Auf zum Weihnachtsmarkt * 85
9. Reste trinken * 95
10. Stinktier mit Kater * 107
11. Bis(s) aufs Leder * 117
12. Auf die Plätze, Baum und los * 128
13. Die Plätzchenprobe * 139
14. Tag der offenen Tür * 149
15. Auf der Couch * 160
16. Immer der Nase nach * 171
17. Dufte Bescherung * 183

1. Frühsport auf vier Pfoten

»Aufwachen! Wach endlich auf, du Faulpelz!«

Seit einer halben Stunde versuche ich, Dieter zu wecken. Ich habe ihn geschüttelt, ich habe ihn gerüttelt und geknufft habe ich ihn auch. Aber er wacht einfach nicht auf, sondern bleibt schnarchend auf meinem Kopfkissen liegen.

Dort hat er sich zu einem Fellbündel zusammengerollt und die Nase unter seinem buschigen Schwanz vergraben. Das sieht ziemlich gemütlich aus, und wenn ich es nicht so eilig hätte, würde ich mich glatt auch noch mal hinlegen und mich neben ihn in mein warmes Bett kuscheln.

»Jetzt wach endlich auf! Wir müssen los!« Ich beuge mich so weit zu Dieter herunter, dass sich mein Mund direkt vor seinen schwarz-weiß gestreiften Fellohren befindet.

Aber Dieters einzige Reaktion ist, seine Ohren jetzt auch noch unter seinem Schwanz verschwinden zu lassen und im Halbschlaf zu murmeln: »Brüll doch nicht so, Zora! Ich bin ja nicht schwerhörig.«

»Wir kommen zu spät!«, dränge ich.

»Nur noch zwei Minuten, Zora. Nein, warte, besser ... noch zwei Stunden.«

»Wir haben aber keine zwei Stunden mehr! Noch nicht mal eine halbe.«

Statt einer Antwort höre ich nur wieder Dieters Schnarchen. Es ist so laut, dass Nora mit der Faust gegen die dünne Wand hämmert, die ihr Zimmer von meinem trennt.

Nora ist meine große Schwester, und dass wir uns drei Buchstaben im Vornamen teilen müssen, finde ich richtig doof. Aber seinen Namen kann man sich nicht aussuchen und unsere Eltern fanden es halt eine lustige Idee, uns beide Nora und Zora zu nennen.

Weil Dieter sich von Noras Klopfen nicht stören lässt und weiterschnarcht, brüllt meine Schwester laut: »Ruhe!«

Dann meldet sich nebenan noch eine zweite Stimme, die laut »Klappe, Dieter!« schreit.

Die zweite Stimme gehört Mathilde. Mathilde ist das Zebra meiner Schwester und ich glaube, das muss ich erklären.

Bei uns in der Familie haben fast alle tierische Begleiter. Die kann aber nur jemand sehen, der selber ein Tier besitzt. Nora hat ein Zebra, das sagte ich ja schon. Mein Papa hat einen Eisbären, der Lasse heißt, und seine Mutter, also meine Oma, eine Giraffe namens Gertrud. Bloß meine Mutter hat keines, weil die Gabe nur über die Familie meines Vaters weitergegeben wird.

Ich habe ein Stinktier.

So, jetzt ist es raus.

Das schnarchende schwarz-weiße Flauschbündel auf meinem Kopfkissen ist ein Stinktier. Andere haben Einhörner, Wölfe, Löwen, Tiger oder zumindest ein Zebra, wie meine Schwester. Ich aber habe ein Stinktier – und als wenn das nicht schon schlimm genug wäre, ist Dieter auch noch furchtbar eingebildet, schrecklich faul, unglaublich verfressen und schlecht riechen tut er auch. Klar, ist ja ein Stinktier, da kann man nicht erwarten, dass er duftet wie ein frisch gebackener Apfelkuchen.

Da kommt mir plötzlich eine Idee!

»Wenn du jetzt nicht sofort aufstehst, passiert was«, drohe ich.

Dieter scheint das überhaupt nicht zu beeindrucken. Der schläft einfach weiter.

»Das ist meine letzte Warnung!«

Wieder keine Reaktion.

»Na gut, du hast es nicht anders gewollt!« Ich hebe mein schlafendes Stinktier hoch, trage es ins Badezimmer und setze es dort in der Wanne ab.

»Hey, was soll das?«, fragt Dieter immer noch ganz schläfrig. »Das ist kalt. Ich will zurück ins Bett.«

Ich antworte nicht, sondern stelle einfach die Dusche an. Das ist nicht besonders nett, aber sehr wirkungsvoll. Dieter ist sofort hellwach und fängt an zu schimpfen.

»Stell sofort das kalte Wasser ab, du hinterhältiges kleines Biest. Warte nur, bis ich dich kriege, dann kannst du was erleben. Glaub ja nicht, dass ich dir noch mal helfe, du undankbares Kind!«

Dieter versucht aus der Wanne zu klettern, aber das klappt nicht, weil die Wände so glatt sind. So kann ich ihn in Ruhe abbrausen. Dieter schüttelt sich, dass die Tropfen in alle Richtungen fliegen. Doch das macht mir nichts, weil ich mir Mamas Bademantel angezogen habe, der immer an einem Haken an der Badezimmertür hängt. Außerdem habe ich mir eine Wäscheklammer auf die Nase geklemmt, nur für den Fall, dass Dieter meine Duschattacke mit einer Stinkattacke beantwortet. Aber das tut er nicht, weil er viel zu sehr mit Schimpfen und Strampeln beschäftigt ist.

Dabei wird aber nur Mamas Mantel nass. Ich bleibe schön trocken und nutze die Gelegenheit, Dieters nasses Fell ordentlich einzuseifen. Dazu schnappe ich mir Noras teures Lieblingsshampoo, das sie sich immer von ihrem Taschengeld kauft. Dieter hasst das. Aber manchmal muss das Einseifen einfach sein, sonst würde er noch viel mehr stinken.

Als ich fertig bin und den Schaum aus seinem Fell gewaschen habe, schimpft Dieter immer noch. Dafür riecht er jetzt besser und zwar nach Aprikose und Mango.

»Das kannst du nie wiedergutmachen, Frolleinchen. Höchstens wenn du mir ein richtig tolles Frühstück machst. Aber auch nur vielleicht und auch nur weil ich so wahnsinnig großzügig bin«, sagt Dieter, als ich ihn mit einem Handtuch abtrockne. »Fünf geschmierte Brötchen mit Butter und Kirschmarmelade und dazu noch einen Teller mit Rührei und Speck und ...«

»Wir haben keine Zeit zum Frühstücken, wir müssen sofort los«, unterbreche ich ihn, weil ich seine endlosen Wunschlisten fürs Frühstück kenne. Bevor Dieter mit seiner Aufzählung fertig ist, ist längst Zeit fürs Mittagessen.

»Wie?! Was soll das denn heißen, wir haben keine Zeit für das Frühstück?!« Dieter sieht mich an, als hätte ich ihm gerade erklärt, dass Stinktiere fliegen können.

»Weil du so lange geschlafen hast, sind wir schon viel zu spät dran«, sage ich. »Außerdem wollte ich dich sowieso ein bisschen auf Diät setzen.«

»Mich?« Dieter versucht seinen Bauch einzuziehen. Aber das gelingt ihm nicht besonders gut, weil er wirklich sehr dick ist.

»Und ein bisschen Sport treiben solltest du auch«, sage ich. »Deswegen joggen wir zu Kati.«

»Du meinst, du joggst und ich hocke auf deinem Arm«, erwidert Dieter.

»Von wegen. Wir joggen beide.«

Dieter sagt nichts mehr, sondern starrt mich einfach nur an. Er sieht aus, als stünde er unter Schock. Es ist wohl zu viel für ihn, dass er auf das Frühstück verzichten und auch noch Sport treiben soll. Ich wische mit meiner Hand vor seinem Gesicht herum, als wäre da eine Windschutzscheibe. Er reagiert aber nicht, sondern starrt einfach geradeaus.

»Ist doch gar nicht weit bis zu Kati«, versuche ich Dieter zu beruhigen.

Kati ist meine allerbeste Freundin und heute ist ihr zehnter Geburtstag. Deswegen bin ich so aufgeregt. Es könnte ja sein, dass sie heute vielleicht auch einen Begleiter bekommt. Die kommen nämlich immer am zehnten Geburtstag zu ihren Menschen.

Ich kenne eine Menge Kinder, die einen haben. Da sind zum Beispiel meine neuen Freunde Anna und Leon. Anna hat ein Faultier und Leon eine Ratte, die heißen Paula und Jasper. Zusammen haben wir eine Bande gegründet und die haben wir den ›Club der super Tiere‹ genannt. Eigentlich sollte unsere Bande der ›Club der doofen Tiere‹ heißen. Denn mal ehrlich, wir drei haben nicht so wahnsinnig viel Glück mit unseren Begleitern gehabt. Ein Stinktier, eine Ratte und ein Faultier sind nun wirklich nicht der Hauptgewinn. Zumindest auf den ersten Blick. Auf den zweiten sind sie gar nicht so schlecht und wir haben ja auch schon eine Menge toller Sachen zusammen erlebt. Deswegen nennen wir uns ja auch ›Der Club der super Tiere‹. Das mit dem super war übrigens Dieters Idee. Wessen sonst?

Kati gehört auch zu unserem Club, obwohl sie keinen Begleiter hat. Sie weiß aber Bescheid über mein Stinktier, Leons Ratte und Paulas Faultier, weil ich von meiner Oma eine Pfeife geschenkt bekommen habe. Wenn man da reinbläst, kann man unsere Tiere sehen, auch wenn man selbst keines besitzt. Sonst geht das nämlich nicht, weil nur Menschen mit Begleitern andere Begleiter sehen können.

Ich hoffe so sehr, dass Kati auch ein Tier bekommt! Dann würde sie richtig zum Club gehören und ich müsste ihr nicht immer erklären, was unsere Tiere gerade machen.

Ich ziehe mir Mamas nassen Bademantel aus und schnappe mir Dieter. Dann laufe ich mit ihm schnell die Treppe runter. Als ich an der Küche vorbeirenne, höre ich Mama rufen.

»Bist du schon wach, Zora? Papa und Nora schlafen noch, aber ich habe schon Brötchen geholt. Willst du eins?«

»Logo«, antwortet Dieter.

»Nein, danke«, antworte ich. »Ich muss los.«

»Es ist sehr unfreundlich, so ein Angebot abzulehnen, Frolleinchen«, brummt Dieter auf meinem Arm.

Ich tue so, als hätte ich das gar nicht gehört, und schaue kurz in die Küche. Mama sitzt an einem üppig gedeckten Frühstückstisch und liest die Wochenendzeitung.

»Wo willst du denn hin?«, will Mama wissen.

»Kati hat doch heute Geburtstag«, erkläre ich. »Da will ich ihr gratulieren.«

»Dann grüß sie schön von mir«, sagt Mama.

Zu Dieter sagt sie nichts. Sie kann ihn ja nicht sehen, weil sie selbst keinen Begleiter hat. Deswegen weiß sie auch nichts von meinem Stinktier, dem Zebra meiner Schwester oder Papas Eisbär. Papa hat sich nie getraut, ihr etwas davon zu erzählen. Er hatte Angst, dass Mama ihn dann für verrückt halten könnte. Aber irgendwann wird er es machen müssen. Sonst mache ich es, obwohl es ja eigentlich seine Sache ist. Er kennt Mama schließlich schon viel länger als ich.

»Mach ich«, rufe ich und schnappe mir Katis Geburtstagsgeschenk. Dann ziehe ich mir meine Schuhe und meinen Mantel an. Draußen ist es kalt geworden, es ist ja auch schon Dezember und in wenigen Tagen ist auch schon Heiligabend.

»Halt!«, brüllt Dieter, als wir schon fast zur Tür raus sind. »Wir haben vergessen, deinen Adventskalender zu öffnen.«

»Das machen wir heute Nachmittag«, erwidere ich.

»Aber dann wird die doch schlecht, die Schokolade«, versucht Dieter mich zu überreden, noch mal umzudrehen.

»Wird sie nicht«, widerspreche ich, obwohl mir das egal sein könnte. Von der Schokolade in meinem Kalender habe ich nämlich noch kein einziges Stück abbekommen. Die hat alle Dieter gefuttert und es war gar nicht so leicht, ihn davon abzuhalten, schon am ersten Dezember alle vierundzwanzig Türchen zu öffnen.

Ich setze Dieter auf dem Bürgersteig ab und beginne langsam zu joggen. Mein Stinktier bleibt einfach sitzen

und das bedeutet, dass ich nach fünf Metern nicht mehr weiterkomme. Kein Mensch kann sich mehr als fünf Meter von seinem Begleiter entfernen. Das fühlt sich dann an, als würde man gegen eine Wand aus Zuckerwatte laufen.

»Na komm schon«, versuche ich Dieter zu locken. »Wenn du selber zu Kati läufst, kannst du nachher die Schokolade aus meinem Adventskalender haben.«

»Die kriege ich doch sowieso«, brummt Dieter und legt sich auf den Bürgersteig.

»Vielleicht gibt dir Kati ein Stück von ihrem Geburtstagskuchen ab.«

»Fünf Stücke«, fordert Dieter.

»Zwei.«

»Vier.«

Wir einigen uns auf drei Stücke. Dann erhebt sich Dieter langsam, sehr langsam und beginnt zu rennen. Obwohl, rennen kann man das eigentlich nicht nennen. Er ist so lahm, dass ich bequem neben ihm her spazieren kann.

2. Ein Tier für Kati?

Wir kommen so langsam vorwärts, dass ich viel Zeit zum Nachdenken darüber habe, was für eine Art Begleiter Kati zu ihrem zehnten Geburtstag bekommen könnte.

Vielleicht einen Adler?

Oder einen Puma?

Oder sogar ein Pferd?

Das wäre schön für Kati.

Aber irgendetwas stört mich an der Vorstellung. Ich spüre, wie ich ein ganz klein bisschen neidisch werde, weil ich ein Stinktier als Begleiter habe und keinen Adler, Puma oder ein Pferd. Ich habe mich zwar an Dieter gewöhnt und manchmal kann es mit ihm ja auch ganz nett sein. Ziemlich oft sogar, wenn ich ehrlich bin. Trotzdem wäre das irgendwie ungerecht, wenn Kati ein wirklich tolles Tier bekäme. Und richtig zu unserem Club passen würde sie damit auch nicht. Der heißt ja nur der ›Club der super Tiere‹, obwohl die tierischen Mitglieder alles andere als cool sind.

Vielleicht hat Kati zu ihrem zehnten Geburtstag aber auch gar kein Tier bekommen, sondern nur ein paar Bücher oder einen neuen Schlafanzug. Ihre Eltern haben beide keinen Begleiter. Das weiß ich, weil ich die kenne und ihre Tiere gesehen hätte, wenn da welche wären. Deswegen ist es sogar wahrscheinlich, dass auch Kati keinen Begleiter bekommt, und desto früher ich mich damit abfinde, desto geringer ist später die Enttäuschung.

Das geht mir durch den Kopf, als ich Dieter bei seinem Lauftraining begleite. Er schnauft ganz fürchterlich und muss alle paar Meter eine Pause machen. Ich bin sicher, er hätte längst aufgegeben, wenn ich ihm fürs Durchhalten nicht drei Stücke von Katis Geburtstagskuchen versprochen hätte.

Als wir uns der Bäckerei nähern, wechsle ich schnell die Straßenseite. Sonst würde Dieter sich nur wieder die Nase am Schaufenster platt drücken und wir kämen nie bei Kati an.

Dabei kann ich es kaum erwarten. Wenn wir beide ein Handy hätten, könnte ich sie anrufen. Dann müsste ich nicht mit Dieter im Schneckentempo zu ihr laufen. Aber unsere Eltern haben sich abgesprochen, dass wir beide erst eins kriegen, wenn wir elf sind. Deswegen wird sie ganz sicher keines zum Geburtstag bekommen haben. Ich habe zu meinem Zehnten ja auch keines gekriegt.

»Beeil dich mal ein bisschen!«, rufe ich ihm ungeduldig zu.

»Tu ich doch schon«, keucht Dieter. »Aber du hast leicht reden, du hast ja auch viel längere Beine als ich.«

»Dafür hast du vier davon«, erwidere ich.

»Aber nur vier sehr, sehr kurze! Außerdem schleift mein Bauch über den Bürgersteig. Das bremst!«

»Ich dachte, du bist nicht dick«, sage ich grinsend.

»Das liegt ja auch nicht an meinem Bauch, sondern am Bürgersteig. Der ist zu hoch.« Dieter hat sich auf seine Hin-

terbeine gestellt und lehnt sich schwer atmend an einen Baumstamm. Er sieht so erschöpft aus, als wäre er gerade einen Marathon gelaufen.

»Da würde ich mich übrigens nicht hinsetzen«, bemerke ich, als sich Dieter auf den Boden plumpsen lässt. »Das ist genau die Stelle, an der die Hunde immer an den Baum pinkeln.«

Dieter macht sofort einen weiten Satz nach vorne und rennt los.

»Geht doch«, sage ich und laufe ihm hinterher.

Irgendwie schaffen wir es dann doch noch zu Kati. Wir brauchen etwa doppelt so lange, als wenn ich ihn getragen hätte. Aber wenn mich nicht alles täuscht, ist sein Bauch tatsächlich etwas dünner geworden. Vielleicht zieht er ihn aber auch nur ein oder er ist weniger geworden, weil er die ganze Zeit über den Bürgersteig geschrammt ist. So wie ein Radiergummi über Papier, der wird dabei ja auch kleiner.

Als ich bei Kati klingle, bin ich so aufgeregt, dass ich eine Gänsehaut bekomme. Ich kann es kaum erwarten, bis sie endlich die Tür aufmacht.

»Hallo Zora, schön, dass du Kati zum Geburtstag gratulieren kommst.« Es ist nicht Kati, sondern ihr Vater, der mir die Tür öffnet. »Sie ist in ihrem Zimmer, du kannst gleich zu ihr gehen. Und nachher gibt es noch Kuchen!«

»Warum essen wir nicht erst den Kuchen und gehen dann zu Kati?« Dieter steuert zielsicher die Küche an und ich kann ihn gerade noch am Schwanz festhalten, sonst hätte er sich sofort über den Geburtstagskuchen hergemacht.

»Lass mich sofort los!«, faucht Dieter sauer. »Ich habe mir den Kuchen verdient! Außerdem bin ich am Verhungern und zehn Kilo abgenommen habe ich bestimmt auch schon.«

»Höchstens zehn Gramm«, flüstere ich ihm zu. »Und du kriegst ja was von dem Kuchen, aber erst später.«

»Alles gut bei dir, Zora?«, fragt Katis Vater, weil ich mich so plötzlich nach vorne gebeugt habe und mit mir selber zu reden scheine.

»Ja, ja, alles gut«, erwidere ich. »Mein Schnürsenkel war nur offen.«

Das sage ich immer, wenn ich mich zu Dieter herunterbücken muss. Katis Vater schaut auf meine Füße und da bemerke ich erst, dass ich heute die Stiefel mit dem Reißverschluss trage. Dieter lacht sich halb tot und ich werde knallrot, als ich mich mit ihm auf dem Arm wieder aufrichte.

»Ich gehe dann mal schnell zu Kati«, sage ich und laufe mit Dieter auf dem Arm zu ihrem Zimmer.

Ohne anzuklopfen, gehe ich zu ihr rein und rufe laut: »Alles, alles Liebe zum Geburtstag!«

Das Erste, was ich sehe, ist ein neues Aquarium, in dem ein Goldfisch herumpaddelt.

»Oh, nein!«, stöhne ich.

So ein Fisch ist der blödeste Begleiter, den man sich vorstellen kann. Da muss man immer eine mit Wasser gefüllte Glaskugel mit sich rumschleppen und die anderen Leute fragen sich dann bestimmt, warum man das tut. Die können den Fisch da drinnen ja gar nicht sehen. Die halten einen dann bestimmt für völlig übergeschnappt, weil man ständig ein leeres Aquarium unter dem Arm spazieren trägt.

»Die Goldfische sind echt, das sieht doch ein Maulwurf mit Blindenstock«, brummt Dieter.

»Echt wahr?«, frage ich erleichtert.

»Echt wahr«, bestätigt Dieter.

»Dein Stinktier hat recht«, höre ich Kati sagen. »Das Aquarium haben mir meine Eltern geschenkt.«

Ich schaue mich nach ihr um, weil ich sie noch gar nicht gesehen habe. Erst jetzt entdecke ich ihre Füße, die unter ihrem Bett hervorschauen.

»Und was machst du da unten?«, frage ich.

»Ich versuche Thao unter meinem Bett hervorzulocken«, höre ich sie rufen.

»Wer ist Thao?«, frage ich.

»Na, ihr Begleiter, wer denn sonst?!«, sagt Dieter. »Sonst hätte sie mich eben doch gar nicht hören können, wenn sie keinen bekommen hätte, du dummes, dummes Kind!«

Da hat Dieter recht. Also nicht mit dem dummen Kind, sondern damit, dass Kati Dieter plötzlich hören konnte. Und das kann sie ja nur, wenn sie auch einen Begleiter hat.

Ich könnte vor Glück in die Luft springen und das tue ich dann auch. Allzu hoch geht der Sprung aber nicht, weil ich immer noch mein dickes Stinktier auf dem Arm habe.

»Hey, vorsichtig, Frolleinchen«, beschwert sich Dieter. »Bei deinem Gehüpfe wird mir ganz übel und das willst du bestimmt nicht, solange ich auf deinem Arm sitze, oder?«

Ich antworte ihm nicht, weil ich jetzt unbedingt wissen will, was für ein Tier Kati bekommen hat. Ein großes kann es nicht sein, sonst würde es ja nicht unter ihr Bett passen. Elefanten, Büffel oder Elche scheiden schon mal aus. Es muss etwas Kleineres sein.

»Was ist es? Ein Erdmännchen?«, rufe ich.

»Oder eine Klapperschlange?«, fragt Dieter.

Ich: »Ein Dachs?«

Dieter: »Eine Kröte?«

Ich: »Ein Zwergkänguru?«

Dieter: »Ein Geier?«

Ich: »Ein Affe?«

Dieter: »Eine Schnecke?«

Ich: »Ein Murmeltier?«

Dieter: »Ein Skorpion?«

Kati antwortet nicht, weil sie immer noch unter dem Bett beschäftigt ist. Langsam, ganz langsam kommt sie darunter hervorgekrochen.

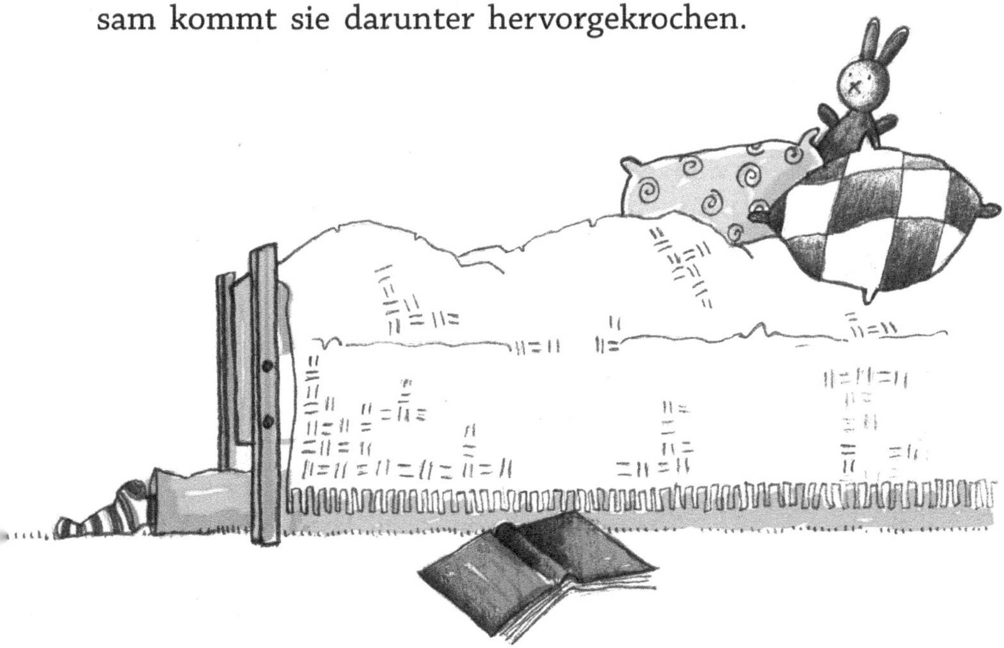

Sie ist voller Flusen und Staubmäusen und flüstert die ganze Zeit: »Komm, Thao, hab keine Angst. Dir tut niemand was. Komm raus.«

Kati dreht sich zu mir um und flüstert: »Thao ist ein bisschen ängstlich.«

»Ich freu mich so! Ich freu mich so! Ich freu mich so!«, rufe ich, weil es stimmt, und deswegen rufe ich gleich noch einmal: »Ich freu mich so!«

»Ist ja schon gut«, versucht Dieter mich zu beruhigen. »Es ist nur ein Begleiter, der da unter dem Bett hockt, und nicht Justin Bieber. Aber vielleicht ist es ja tatsächlich ein Biber, das wäre lustig.«

Dieter fängt laut an zu lachen und ich muss auch ein bisschen kichern, weil das wirklich lustig wäre.

»Jetzt seid doch mal leise, ihr beiden«, sagt Kati. »Sonst kriege ich Thao niemals da raus.«

Kati kriecht wieder zurück unter das Bett und ich kann ihre Stimme hören, wie sie beruhigend auf Thao einredet.

»Keine Sorge, die tun dir nichts. Das sind meine Freunde«, flüstert Kati.

Eine quiekige Stimme antwortet ihr. Aber weil sie so leise ist, kann ich nicht verstehen, was sie sagt.

»Ja, auch das Stinktier. Das tut nur so frech, aber eigentlich ist Dieter ganz brav und lieb«, erklärt Kati unter dem Bett.

»Ich bin weder brav noch lieb! Ich bin ein verwegenes Stinktier, gefürchtet auf allen sieben Kontinenten«, brüllt Dieter, der es nicht mag, wenn man ihn brav und lieb nennt.

»Hör nicht auf ihn, er hat eine große Klappe, aber er ist wirklich ein ganz Süßer«, fährt Kati fort, ohne auf Dieters Proteste einzugehen.

»Ich bin auch nicht süß«, ruft Dieter empört. »Noch ein Wort und ich zeige euch, warum Stinktiere Stinktiere heißen!«

»Jetzt hör schon auf damit«, sage ich. »Sonst kommt Katis Begleiter niemals unter dem Bett hervor. Und du willst doch auch wissen, was es ist, oder?«

»Ist mir völlig egal. Von mir aus könnte da auch ein schissiger Tyrannosaurus Rex unter Katis Bett hocken, interessiert mich nicht die Bohne«, erklärt Dieter, aber das glaube ich ihm nicht.

Kati kommt jetzt langsam wieder unter ihrem Bett hervorgekrochen und irgendetwas folgt ihr. Ich kann nicht sofort erkennen, was es ist, aber es ist auf jeden Fall größer als ein Erdmännchen, und eine Klapperschlange ist es auch nicht, da bin ich mir ganz sicher. Die würde man ja klappern hören.

Sogar Dieter hält für einen Moment seine große Schnauze und starrt gespannt zu Kati hinüber.

Das Erste, was wir sehen, ist eine Steckdose. Also keine richtige, aber es sieht fast so aus wie eine. Dabei ist das nur die Schnauze von Katis Begleiter. Auf allen vieren krabbelt er aus dem Dunkeln ins Licht, bis wir ihn ganz sehen können.

»Das ist Thao«, stellt Kati ihn vor.

»Freut mich euch kennenzulernen«, sagt Thao so leise, dass man ihn kaum verstehen kann.

»Das ist ja ein Schwein!«, brüllt Dieter und fängt an zu lachen.

Thao dreht sofort quiekend um und verkriecht sich wieder unter dem Bett.

»Das hat dein Stinktier ganz super gemacht«, erklärt Kati sauer. »Das dauert jetzt Stunden, bis ich sie da wieder rausgelockt habe. Außerdem ist Thao kein gewöhnliches Schwein, sondern ein Zwerghängebauchschwein, und zwar ein vietnamesisches. Deswegen auch der komische Name. Und er ist auch kein er, sondern eine sie.«

»Ich fand sie eigentlich ganz süß«, sage ich. »Zumindest das, was ich kurz von ihr gesehen habe.«

»Ich finde Thao auch total süß, sie ist bloß ein bisschen

schreckhaft.« Kati strahlt mich dankbar an und ich strahle zurück.

Nur Dieter strahlt nicht, der will wissen, wann es endlich Kuchen gibt.

3. Schwein gehabt

Kati läuft in die Küche und holt schnell ihren Geburtstagskuchen. Nicht für Dieter, sondern um damit ihr vietnamesisches Hängebauchschwein unter dem Bett hervorzulocken.

Tatsächlich streckt Thao vorsichtig ihren Kopf hervor, als Kati ein Stück Kuchen vor das Bett stellt.

»Perlen vor die Säue«, grunzt Dieter und kichert dabei.

»Du hast doch schon mehr als genug«, sage ich, weil auf seinem Teller bereits die drei Stücke liegen, die ich ihm versprochen hatte.

»Die habe ich mir auch verdient, alle drei«, erwidert Dieter. »Hundert Kilometer bin ich gerannt, schneller als ein Sprinter die hundert Meter.«

»Ein Schneckensprinter vielleicht«, entgegne ich.

Dieter sagt nichts. Der hat sich schmatzend über den Kuchen hergemacht und zwei der drei Stücke sind schon in seinem dicken Bauch verschwunden.

»Dieter kann meinen Kuchen auch noch haben«, erklärt Kati großzügig und schiebt Dieter ihren Teller rüber. »Ich bin viel zu aufgeregt, da kriege ich sowieso keinen Bissen runter.«

Mir geht es genauso, weil Thao jetzt endlich ganz zu sehen ist. Ihr Bauch hängt fast bis zum Teppichboden herunter. Genau wie bei Dieter. Aber bei Thao muss das so sein, das sagt ja schon der Name: Hängebauchschwein.

Thaos Haut ist ganz faltig und sieht aus, als wenn sie da noch reinwachsen müsste. So wie bei den Winterjacken, die Mama mir immer kauft, weil ich so schnell groß werde.

Hübsch ist Thao nicht gerade, das kann man wirklich nicht behaupten, aber unheimlich süß. Ich finde das gut. So passt sie prima zu unserem Club, besser jedenfalls als wenn sie süß *und* hübsch wäre.

Kati und ich schauen zu, wie Thao mit ihrer Steckdosennase an dem Kuchen schnüffelt.

»Sind da Nüsse drin? Ich bin allergisch gegen Nüsse.« Thao schaut fragend zu Kati herüber.

»Ich glaube nicht«, sagt Kati.

»Schade, sonst hätte ich ihren Kuchen auch noch kriegen können.« Dieter schaut kurz von seinem Teller auf, futtert dann aber gleich weiter, als er merkt, dass Thao ihren Anteil an Katis Geburtstagskuchen wohl doch selber essen wird.

»Wenn da keine Nüsse drin sind, werde ich den Kuchen gerne probieren.« Thao fängt jetzt auch an zu essen. Dabei schmatzt sie aber nicht, so wie Dieter, sondern nimmt sich mit ihrer Schnauze immer nur ganz kleine Stücke. Richtig vornehm sieht das aus. Dabei hätte mich das Schmatzen bei einem Schwein wie ihr gar nicht überrascht. Nicht so wie damals, als ich Dieter das erste Mal beim Essen zuhören musste.

Als Thao fertig ist, kommt sie zu Kati und macht es sich in ihrem Schoß bequem. Dabei lässt sie Dieter nicht aus den Augen, so als würde sie meinem Stinktier immer noch nicht recht trauen. Dieter merkt das gar nicht, weil er jetzt auch Katis Kuchen frisst.

»Ohne weiches Fell ist sie natürlich nicht so kuschelig wie dein Stinktier«, sagt Kati, die Thao dabei hinter den Ohren krabbelt. »Aber dafür riecht sie besser.«

Den letzten Satz hat Kati nur geflüstert, damit Dieter das nicht hören kann. Aber der ist sowieso damit beschäftigt, die Krümel aufzuschlecken, die ihm auf den Boden gefallen sind. Neben Thaos Teller liegt kein einziger Krümel, so sauber und ordentlich hat sie gegessen.

»Ich verstehe nur immer noch nicht, wo sie herkommt«, bemerke ich. »Weder dein Vater noch deine Mutter haben einen Begleiter. Oder haben sie Thao heute Morgen sehen können?«

»Nein, dabei saß sie neben mir auf dem Bett, als meine Eltern reinkamen, um mir zu gratulieren. Die hätten doch bestimmt was gesagt«, antwortet Kati. »Ich kann mir das auch nicht erklären.«

»Da hat Kati eben einfach Schwein gehabt«, brummt Dieter und lacht.

Dabei verschluckt er sich an einem Kuchenkrümel und ich muss ihm auf den Rücken klopfen, damit er aufhört zu husten. Thao hat sich dabei so erschrocken, dass sie schon wieder auf dem Weg unter das Bett ist. Kati kann sie gerade noch festhalten und drückt ihr Hängebauchschwein fest an sich, um es zu beruhigen.

»Ist halt alles noch etwas neu für sie«, sagt Kati.

Dabei braucht sie das gar nicht zu entschuldigen. Ich finde das gut, dass ihr Hängebauchschwein so feinfühlig und sensibel ist. Ein bisschen davon könnte Dieter auch gut vertragen.

»Hast du eine Ahnung, wie das sein kann, dass Thao da ist, obwohl Katis Eltern keine Begleiter haben?«, frage ich ihn.

Aber Dieter zuckt nur mit den Schultern und Thao kann sich auch nicht erklären, warum sie heute Morgen ausgerechnet bei meiner besten Freundin gelandet ist.

Kati scheint das »Warum« und »Wie« überhaupt nicht zu beschäftigen. Sie sieht einfach nur wahnsinnig glücklich aus.

»Das Beste ist«, erklärt Kati, »dass ich jetzt endlich richtig zu unserem Club gehöre. Jetzt wo ich doch auch einen Begleiter habe. Vorher war das irgendwie komisch, weil ihr mir ja immer sagen musstet, was eure Tiere gerade machen. Ich war zwar dabei, aber irgendwie auch nicht.«

Das kann ich gut verstehen. Ich strecke meine Hand aus, um Thao zu streicheln. Mein Stinktier faucht dabei eifersüchtig, aber das stört mich nicht. Ich streiche sanft über die Borsten auf Thaos Rücken, und die sind viel weicher, als sie aussehen. Natürlich sind sie nicht so weich wie Dieters flauschiges Fell, aber ich finde, es fühlt sich gut an. Weil Kati und ich sie beide streicheln, beruhigt sich Thao langsam wieder.

»Ich habe übrigens auch noch ein Geschenk«, sage ich.

»Für mich?« Weil Dieter so laut ruft, zuckt Thao verschreckt zusammen. Wenigstens versucht sie diesmal nicht wieder unters Bett zu flüchten, und das ist auf jeden Fall schon mal ein echter Fortschritt.

»Natürlich für Kati, die hat doch heute Geburtstag«, erkläre ich Dieter.

»Aber die hat doch schon das Schwein bekommen. Das reicht doch wohl«, beschwert sich Dieter. »Und ich habe noch gar nichts gekriegt.«

»Mal abgesehen von Katis halbem Geburtstagskuchen«, erwidere ich. »Außerdem glaube ich nicht, dass es dir gefallen würde.«

»Was ist es denn?«, fragt Kati neugierig.

»Schau selber nach.« Ich hole ihr Geschenk aus meiner Tasche und überreiche es ihr.

Dieter schnappt mit seiner Pfote nach dem kleinen Päckchen, aber ich halte es so hoch, dass er nicht rankommt.

»Danke«, sagt Kati und reißt das Papier auf. »Die ist ja wunderschön! Und die passt ja auch super! Woher wusstest du, dass ich die brauchen würde?«

Ich wusste es nicht, es war nur so ein Gefühl, dass ihr die Hundeleine aus rosa gefärbtem Leder gefallen würde. Auch wenn ich das mit Thao beim Kauf noch nicht ahnen konnte.

»Eine Hundeleine!« Dieter starrt Katis Geschenk an, als hätte ich meiner besten Freundin eine Peitsche geschenkt.

»Komm bloß nicht auf die Idee, dir für mich auch so was anzuschaffen.«

Ich hatte schon vermutet, dass Dieter so eine Leine nicht gefallen würde. Aber für Thao ist es genau das Richtige, weil sie doch dann weiß, dass Kati immer in ihrer Nähe ist und sie nicht verloren gehen kann. Das ist zwar auch ohne Leine nahezu unmöglich, weil sich die beiden nicht mehr als fünf Meter voneinander entfernen können. Aber ich glaube, Thao findet das trotzdem gut. Sie hat jedenfalls nichts dagegen, als Kati ihr das Halsband umlegt. Ganz im Gegenteil, Thao strahlt ganz glücklich und sagt: »Danke, die Leine und das Halsband sind wirklich wunderwunderschön.«

Dieter hat sich noch nie bei mir für irgendwas bedankt und für einen kurzen Moment bin ich sogar ein bisschen neidisch auf Thao.

»Hahaha, das sieht bestimmt lustig aus, wenn Kati draußen auf der Straße mit der Leine ihr Hängebauchschwein ausführt, das aber leider kaum einer sehen kann. Die denken doch alle, Kati ist total gaga, völlig bescheuert, absolut durchgeknallt.« Dieter lacht wieder dröhnend und Thao wäre bestimmt wieder unters Bett geflüchtet, wenn Kati sie nicht an der Leine hätte.

»Hör nicht auf den Blödmann, Thao«, sage ich.

»Wer ist hier ein Blödmann?!«, ruft Dieter und streckt uns seinen Po entgegen.

»Du hast ja recht«, versucht Kati ihn zu besänftigen. »Das sieht wahrscheinlich wirklich komisch aus, wenn ich Thao an der Leine ausführe.«

»Sag ich doch, total gaga sieht das aus«, sagt Dieter und dreht seinen Hintern wieder in eine andere Richtung.

»Trotzdem danke, vielleicht kann ich sie irgendwann noch mal gebrauchen«, sagt Kati und drückt mich kurz. »Und jetzt müssen wir los, wir wollten doch mit Anna und Leon Schlittschuhlaufen gehen. Die werden Augen machen, wenn sie Thao sehen.«

Stimmt, das hatte ich ganz vergessen! Wir hatten uns mit den beiden heute Mittag auf der Eisbahn verabredet. Die ist zwar nicht besonders groß, aber dafür gibt es da warmen Kakao und heiße Bratwürste. Und Schlittschuhe leihen kann man auch.

»Ist Eislaufen gefährlich?«, fragt Thao.

»Quatsch, das ist ein Riesenspaß. Zumindest wenn man so ein toller Kufenstar ist wie ich«, protzt Dieter, obwohl ich ziemlich sicher bin, dass er in seinem ganzen Leben noch nie auf Schlittschuhen gestanden hat.

Thao sieht nicht so richtig überzeugt aus, lässt sich aber widerstandslos von Kati auf den Arm nehmen. Dann laufen wir schnell zur Tür, damit Anna und Leon nicht auf uns warten müssen.

»Und? Hat der Kuchen geschmeckt?«, fragt Katis Mama, als wir ihr im Flur begegnen.

»Sehr gut«, schwindle ich, weil ich gar nichts abbekommen habe. Mein Stück hat Dieter gefressen, als ich mal einen Moment nicht hingeguckt habe.

»Das freut mich«, sagt Katis Mama. »Und wo wollt ihr jetzt hin?«

»Zur Eisbahn, wir sind dort mit Anna und Leon verabredet. Habe ich dir doch erzählt«, erklärt Kati.

»Aber später feiern wir dann noch ein bisschen zusammen deinen Geburtstag«, sagt ihre Mutter und gibt Kati einen Geldschein. »Damit kannst du die anderen einladen.«

Ich lasse Katis Mutter nicht aus den Augen, weil ich rauskriegen will, ob sie Dieter oder Thao nicht doch sehen kann. Aber sie merkt überhaupt nicht, dass da gerade ein Stinktier und ein Hängebauchschwein in ihrem Flur rumstehen. Kati musste Thao nämlich kurz absetzen, um ihre Jacke anziehen zu können. Ihr Hängebauchschwein drängt sich ganz dicht an ihre Beine und sieht ziemlich erleichtert aus, als Kati es wieder hochnimmt.

»Viel Spaß euch vieren«, ruft ihre Mutter uns nach und da kriege ich doch einen Schreck. Aber dann wird mir klar, dass sie mit »euch vieren« nicht uns beide und unsere Begleiter meint, sondern Kati, Anna, Leon und mich.

Immer wenn auf der Straße ein Auto vorbeifährt, vergräbt Thao ihre Schnauze unter Katis Jacke und quiekt dabei ängstlich. Dieter gibt furchtbar an, indem er ganz nah an der Bordsteinkante entlangspaziert. So als würden ihm die vielen Wagen, die an uns vorbeirasen, überhaupt nichts ausmachen. Erst als ein Lastwagen vorbeidonnert und der Fahrtwind mein Stinktier glatt umwirft, hält er Abstand zur Straße. Immerhin muss ich ihn nicht tragen, weil er vor Thao als harter Knochen dastehen will.

Kati kommt auf dem Weg zur Eisbahn aus dem Staunen gar nicht mehr raus. Es ist ja das erste Mal, dass sie all die vielen anderen Menschen mit ihren Begleitern sehen kann, ohne dafür Omas Pfeife benutzen zu müssen.

Wir begegnen zwei Indischen Elefanten, einer Großfamilie, die von einem Rudel Kojoten begleitet wird, einem Braunbären, drei Elchen und noch ein paar Gazellen, Kängurus und Kolibris, die aufgeregt um die Köpfe ihrer Menschen herumflattern.

Kati kriegt den Mund gar nicht mehr zu und Thao wagt immer häufiger einen vorsichtigen Blick unter Katis Jacke hervor. Dann sind wir auch schon an der Eisbahn angekommen. Ich kann Anna und Leon sehen, die dort auf uns warten. Und ihr Faultier und seine Ratte sehe ich auch.

4. Aufs Glatteis geführt

Anna und Leon freuen sich riesig, dass Kati jetzt auch einen Begleiter hat und damit nun auch richtig zu unserem Club gehört. Vor allem freuen sie sich, weil Thao so gut zu unseren anderen Tieren passt.

»Ein echtes Vietnamesisches Hängebauchschwein!«, ruft Leon begeistert. »Wie toll ist das denn?!«

»Wow, ist das süß!«, sagt Anna und das ist ein richtig dickes Lob, weil Anna sonst eher die Schweigsame ist und nur ganz selten mehr als ein Wort auf einmal sagt.

Ihr Faultier hängt wie immer an Annas Oberarm und grüßt Thao, in dem sie dem Hängebauchschwein einmal ganz langsam wie in Zeitlupe zuzwinkert. Danach ist Paula so erschöpft, dass sie gleich wieder einschläft.

»Willkommen im Club!« Jasper, Leons Ratte, hockt auf Leons Schulter und wedelt aufgeregt mit seinen Pfoten. »Da hat Kati ja richtig Schwein gehabt!«

»Stell dich hinten an«, brummt Dieter. »Den Witz habe

ich schon vor dir gebracht, aber bei mir war er viel besser.«

»Dann erzähl ich euch jetzt mal einen wirklich guten Witz«, verkündet Leons Ratte. »Was kommt raus, wenn man ein Stinktier mit einem Adler kreuzt?«

Jasper schaut uns erwartungsvoll an, aber niemand antwortet. Nicht mal Dieter.

»Ich weiß es auch nicht«, erklärt Jasper und haut sich feixend auf seine dünnen Beinchen. »Aber es stinkt zum Himmel.«

Außer Dieter und Thao müssen wir alle lachen. Ich auch. Das ist nicht besonders nett, aber ich kann nichts dagegen tun. Ich kannte den Witz noch nicht und fand ihn wirklich lustig.

Dieter kocht vor Wut, und wenn ich ihn nicht am Kragen festhalten würde, hätte er sich längst auf Jasper gestürzt, um sich mit ihm zu prügeln. Das machen die beiden ständig, aber kurz darauf sind sie dann wieder die allerbesten Kumpel.

»Ich fand den Witz gemein«, meldet sich plötzlich Thao auf Katis Arm. »Dieter kann doch nichts dafür, dass er ein Stinktier ist. Deswegen muss man sich nicht über ihn lustig machen. Das war fies, ja, fies und gemein war das.«

Da kriegen wir alle plötzlich ein ganz schlechtes Gewissen, weil wir über Jaspers Witz gelacht haben. Auch Leons Ratte wird ganz rot und murmelt: »Entschuldigung, war nicht so gemeint.«

»Schon vergeben und vergessen«, erwidert Dieter mindestens genauso verlegen, weil Thao sich für ihn eingesetzt hat.

»Und jetzt gehen wir endlich Schlittschuhlaufen«, verkündet Kati und hält den Geldschein hoch, den ihre Mutter ihr gegeben hat. »Ihr seid alle eingeladen, ist ja schließlich mein Geburtstag.«

Leon schlägt sich gegen die Stirn, weil er das glatt vergessen hat bei der ganzen Aufregung um Thao, und ruft: »Herzlichen Glückwunsch.«

Anna nimmt Kati einfach in den Arm und drückt sie fest an sich. Aber nur auf der rechten Seite. Auf der linken hängt ja immer noch Paula.

»Können wir von dem Geld nicht lieber Bratwürste kaufen?«, schlägt Dieter vor.

»Hervorragende Idee!«, ruft Jasper und das ist genau, was ich eben gemeint habe. In dem einen Augenblick streiten sie sich und im nächsten sind sie wieder die dicksten Freunde.

»Aber nur, wenn da keine Nüsse drin sind«, quiekt Thao.

»Wir sind doch nicht zum Essen hier«, sagt Kati. »Sondern zum Schlittschuhlaufen! Außerdem ist das mein Geburtstag und da darf ich bestimmen, was wir machen.«

Kati geht mit uns zu der Bude, an der man Schlittschuhe ausleihen kann. Der Mann, der die Schuhe ausgibt, hat auch einen Begleiter. Es ist ein Kakadu, der auf seiner linken Schulter sitzt.

»Ein Schwein, ein Faultier, eine Ratte und ein Stinktier, da habt ihr vier aber mächtig ins Klo gegriffen mit euern Viechern«, ruft der Mann, als er uns sieht, und fängt an zu lachen.

»Ins Klo gegriffen! Ins Klo gegriffen«, wiederholt der Kakadu.

Ich spüre, wie Dieter wieder wütend wird. Aber diesmal ist er nicht allein. Auch Jasper und Paula sehen ziemlich sauer aus. Nur Thao hat sich ängstlich unter Katis Jacke verkrochen, weil es nach Ärger riecht. Der Mann und sein Kakadu lachen immer noch und hören erst damit auf, als ich laut sage: »Na und? Dafür haben Sie einen Vogel. Einen ziemlich großen sogar.«

Jetzt sind wir es, die lachen, und der Mann und sein Kakadu schauen wütend.

Hinter uns hat sich schon eine kleine Schlange gebildet. Die Leute rufen: »Was ist denn da vorne los?«, und »Warum geht es nicht weiter?«.

»Schuhgrößen?«, knurrt der Mann und sein Vogel ergänzt: »Na, macht schon.«

Wir nennen dem Mann unsere Größen und er gibt uns die passenden Schuhe. Nur für Dieter, Jasper, Thao und Paula hat er keine.

»Macht nichts«, verkündet Dieter großzügig. »Gehe ich eben solange mit Jasper Würstchen essen.«

»Du bist doch so ein toller Kufenstar«, sage ich. »Da musst du unbedingt mit aufs Eis und uns zeigen, was du kannst. Außerdem ist Bewegung gut für deinen dicken Bauch.«

Jasper kichert, aber nur so lange, bis Leon erklärt: »Und du kommst natürlich auch mit!«

Thao sagt nichts, die betrachtet nur ängstlich die Schlittschuhläufer, die an uns vorbeigeschossen kommen. Es ist ziemlich voll auf dem Eis. Manche von den Schlittschuhläufern können das richtig gut. Unter denen ist ein Junge, der gar nicht viel älter aussieht als wir. Er trägt ein Eishockeytrikot und schießt rechts und links an den anderen Läufern vorbei, als wären sie Slalomstangen. Neben ihm saust ein Waschbär über das Eis. Als die beiden das dritte Mal an uns vorbeigekommen sind, bin ich mir ziemlich sicher, dass die zwei zusammengehören.

Ich bin nicht besonders gut im Schlittschuhlaufen, eigentlich sogar ziemlich schlecht. Leon kann es auch nicht viel besser und deswegen halten wir uns aneinander fest, um nicht umzufallen. Das muss ich vielleicht erklären. Eigentlich finde ich Jungs alle doof, nur Leon nicht. Den mag ich sogar, und deswegen ist es auch völlig okay, dass wir uns an den Händen halten, während wir über das Eis stolpern.

Trotz der Musik, die aus den Lautsprechern dröhnt, kann ich Jasper und Dieter hören. Die beiden halten sich an der Bande fest und flüstern miteinander. Dann kichern sie und deuten dabei mit ihren Pfoten auf Leon und mich. Dabei machen sie so richtig alberne Kussmünder. Leon tut so, als würde er das gar nicht bemerken, und mir ist das egal. Völlig egal ist mir das und deswegen werde ich auch nur ein ganz klein bisschen rot.

Kati und Anna sind die einzigen von uns, die richtig gut Eislaufen können. Paula hat sich an Annas Rücken festgeklammert, damit Anna ihre Arme freihat, um Schwung holen zu können. Thao hat sich erneut unter Katis Jacke verkrochen und quiekt dort laut, wenn Kati eine schnelle Drehung macht.

Dieter und Jasper wagen sich jetzt auch ein bisschen von der Bande weg und das sieht komisch aus, weil sie sich aneinanderklammern, um auf dem glatten Eis nicht auszurutschen. Aber die Sache mit dem Kufenstar hatte ich meinem Stinktier sowieso nicht abgenommen.

»Boah, ist das kalt!«, brüllt Dieter. »Ich friere gleich mit meinen Pfoten fest.«

»Wir hätten doch lieber Würstchen essen sollen«, schreit Jasper.

»Und heißen Kakao trinken«, ruft Dieter.

Leon und ich müssen lachen, weil die beiden so lustig aussehen, wie sie sich gegenseitig festhalten, um nicht hinzufallen.

Dabei sieht es bei Leon und mir wahrscheinlich auch nicht viel besser aus. Immer wieder verliert einer von uns das Gleichgewicht, und wenn wir uns nicht stützen würden, wären wir beide schon ein paarmal mit dem Hintern auf dem harten Eis gelandet.

In der Zeit, die wir für eine halbe Runde brauchen, haben Kati und Anna schon mindestens drei gedreht. Die beiden sind fast so gut wie der Junge und sein Waschbär. Die flitzen immer noch mit Vollgas zwischen den anderen Eisläufern herum. Dabei nehmen sie überhaupt keine Rücksicht, nicht so wie Anna und Kati, sondern fahren absichtlich immer ganz nah an den Leuten vorbei. Gerade eben ist ein kleines Mädchen wegen den beiden hingefallen. Aber weder der Junge noch der Waschbär haben angehalten, um ihr wieder auf die Beine zu helfen.

»Solche Idioten«, zischt Leon.

»Dämliche Eisbahnraser«, sage ich und halte nach Dieter Ausschau, weil ich nicht will, dass die zwei ihn auch noch über den Haufen fahren.

Mein Stinktier und Leons Ratte schleichen zwei Meter hinter uns über das Eis. Ich will gerade umdrehen, um Dieter auf den Arm zu nehmen, als der Waschbär von hinten angerast kommt und die beiden einfach umnietet. Im nächsten Moment kommt auch schon der Junge angeschossen und rempelt erst mich und dann Leon an. Wir landen auf dem Eis, genau wie Jasper und Dieter.

»Waschbärrüpel!«, brüllt Dieter.

»Eisbahnrowdy!«, schreit Jasper.

Der Waschbär macht eine Vollbremsung und kommt

langsam zurückgefahren. Auch der Junge mit dem Eishockeytrikot kehrt um und bremst so scharf vor uns, dass uns das Eis ins Gesicht spritzt.

»Wenn ihr nicht Schlittschuhlaufen könnt, solltet ihr lieber ins Kino gehen«, sagt der Junge.

»Aber nur in einen Film ab sechs, sonst macht ihr euch vor Schiss in die Hose«, ruft sein Waschbär.

»Genau, da könnt ihr von mir aus rumstänkern, soviel ihr wollt. Aber das hier ist unser Revier«, erklärt der Junge, und es ist ja klar, dass er mit dem »rumstänkern« vor allem Dieter meint.

»Was ist denn hier los?«, fragt Kati.

Sie und Anna stehen jetzt auch neben uns.

»Der Idiot hat uns umgefahren«, sage ich und Leon ergänzt: »Und sich nicht mal entschuldigt.«

»Dabei wollte ich gerade eine Pirouette drehen«, behauptet Dieter.

»Und ich, ich habe gerade zu einem doppelten Rittberger angesetzt«, gibt Jasper an.

Der Junge und sein Waschbär lachen nur und das hätten sie besser nicht machen sollen. Ich kann nämlich sehen, wie sauer Dieter ist, und diesmal werde ich ihn kaum besänftigen können.

Will ich auch gar nicht, denn das, was jetzt passiert, haben die zwei Eisbahnraser mehr als verdient.

Dieter dreht sich um und streckt den beiden seinen Hintern entgegen. Dann ist auch schon ein Zischen zu hören, so wie wenn man oben auf den Kopf einer Sprühdose drückt.

»Ihh! Das riecht ja grauenhaft«, brüllt der Waschbär und der Junge schreit: »Ähh! Mein Trikot stinkt wie ein Misthaufen!«

Die beiden fahren so schnell sie können Richtung Ausgang. Sie wollen weg von Dieter und dem Gestank, aber das ist gar nicht so einfach, weil das alle wollen. Es gibt ein riesiges Gedränge an dem kleinen Tor in der Bande, durch das man die Eisbahn verlassen kann. Dieters Stinkbombe kann schließlich jeder riechen und deswegen ist die Eisfläche in Nullkommanichts so leer wie mein Adventskalender, nachdem Dieter sich darüber hergemacht hat.

5. Es geht um die Wurst

»Und? Wie war ich?!« Dieter strahlt uns stolz an, nachdem der Junge und sein Waschbär von der Eisfläche geflohen sind.

»Sehr gut, aber jetzt lass uns lieber gehen«, antworte ich und das klingt ein bisschen komisch, weil ich mir dabei die Nase zuhalte.

»Wieso das denn? Jetzt haben wir doch endlich genug Platz zum Schlittschuhlaufen, jetzt wo keiner mehr da ist«, erklärt Dieter zufrieden. »War sowieso viel zu voll hier und riechen tut es jetzt auch viel besser.«

Wir anderen finden das nicht. Wir wollen so schnell wie möglich von der Eisbahn runter, weil der Gestank von Dieters Stinkbombe kaum zu ertragen ist. Doch da am Ausgang immer noch Stau ist, klettern wir einfach über die Bande und gehen zu der Bank, auf der wir unsere Sachen abgelegt haben.

»Guckt mal, Kekse! Lecker, lecker, lecker!«, ruft Jasper

plötzlich, und tatsächlich: Irgendjemand hat eine Tüte mit Plätzchen in meine Stiefel gesteckt. Genau wie an Nikolaus, dabei ist der 6. Dezember schon lange vorbei.

»Ich weiß nicht, ob wir die essen können«, sagt Kati.

»Da könnten Nüsse drin sein«, quiekt Thao. »Ich bin allergisch gegen Nüsse.«

»Meine Mutter sagt auch immer, ich soll nichts essen, was Fremde mir geben«, bemerkt Leon. »Vielleicht sind die wirklich vergiftet.«

»Schon möglich«, sagt Anna.

Dieter sagt nichts. Er und Jasper sprinten los, aber weil Dieter Leons Ratte am Schwanz festhält, gewinnt er das Rennen. Mein Stinktier macht die Tüte auf und schüttet sich die Plätzchen in den Mund. Alle auf einmal.

»Ganz selbstlos teste ich das für euch«, erklärt er schmatzend. »Aber keine Sorge, die sind völlig in Ordnung. Und superlecker sind die auch.«

»Waren«, verbessere ich ihn. »Die waren lecker, jetzt sind ja keine mehr da.«

»Das habe ich nur für euch getan«, erklärt Dieter scheinheilig, aber das glaubt ihm natürlich keiner. Vor allem nicht Jasper, der sich auch gern als Vorkoster geopfert hätte und jetzt beleidigt die Nase rümpft.

»Hier hängt übrigens ein Zettel dran.« Leon hält die leere Plätzchentüte hoch. »Da steht auch was drauf: Grüße von C.«

»Wer kann das denn gewesen sein?«, fragt Kati.

»Na, das Christkind, ist doch klar!«, schmatzt Dieter.

Ich glaube das nicht, habe aber genau wie die anderen auch keine Ahnung, wofür das C stehen könnte.

»Es ist übrigens noch ein bisschen Geld übrig, das reicht locker für zwei Bratwürste und zwei Tassen Kakao«, sagt Kati.

»Und was esst ihr dann?«, will Dieter wissen, und so wie er dabei guckt, meint er das tatsächlich ernst.

»Das ist doch nicht alles für dich, das teilen wir uns«, erkläre ich ihm. »Außerdem hattest du schon eine ganze Tüte voll Plätzchen.«

»Schon, aber die waren vergiftet!« Dieter greift sich mit

der Pfote an die Stirn, dreht sich dreimal im Kreis und lässt sich auf den Boden fallen.

»Oh nein! Er ist tot!«, schreit Thao auf, weil sie als Einzige auf Dieters Theatervorstellung reingefallen ist.

Wir anderen fallen da nicht drauf rein, dazu kennen wir ihn schon zu lange.

»Steh auf, Dieter. Das ist lächerlich«, sage ich.

Keine Reaktion.

»Komm schon, du erkältest dich nur«, sage ich.

Keine Reaktion.

»Das ist nicht mehr lustig«, sage ich.

Keine Reaktion. Zumindest nicht bei Dieter, der immer noch regungslos auf dem Boden liegt. Dafür beginne ich mir jetzt Sorgen zu machen.

Vielleicht waren die Kekse ja tatsächlich vergiftet.

»Dieter?! Sag doch was?!« Ich knie mich neben ihn auf die kalte Erde und beuge mich tief zu ihm herunter. Aus lauter Angst um mein Stinktier bin ich sogar bereit eine Mund-zu-Mund-Beatmung zu wagen.

Aber kurz bevor meine Lippen seinen Mund berühren, springt Dieter auf und brüllt lachend: »Reingefallen! Reingefallen! Reingefallen!«

Ich bin stinksauer auf ihn. Doch das scheint Dieter überhaupt nicht zu stören. Er hält Jasper seine Pfote hin, um sich abklatschen zu lassen.

»Tolle Aktion«, lobt Leons Ratte, während alle anderen nur genervt aufstöhnen und mit Kati zu dem Stand rübergehen, an dem man Kakao und Bratwürstchen kaufen kann.

Der Grill steht neben der Bude mit den Schlittschuhen. Davor hat sich eine lange Schlange gebildet, weil jetzt alle gleichzeitig ihre Schuhe zurückgeben wollen. Der Mann und sein Kakadu haben richtig viel zu tun.

An der Würstchenbude ist nicht so viel los. Das liegt wahrscheinlich daran, dass man sogar hier noch Schwaden von Dieters Stinkbombe riechen kann. Aber da wir ja bei der Attacke direkt neben ihm standen und deswegen Schlimmeres gewöhnt sind, merken wir das kaum.

»Bei so einer Schweinekälte ist ein heißer Kakao genau das Richtige«, sagt Jasper und schaut grinsend zu Thao hinüber.

»Stimmt, es ist wirklich saukalt«, sagt Dieter und kichert.

»Dann lass uns mal im Schweinsgalopp zu den Würstchen rübersprinten«, sagt Jasper.

»Und da lassen wir dann richtig die Sau raus«, sagt Dieter, der sich vor Lachen kaum noch halten kann.

Das ist ziemlich gemein, was die beiden da machen. Vor allem, weil Thao doch so sensibel ist.

Aber Katis Hängebauchschwein sagt gar nichts, das

starrt die ganze Zeit traurig die Würstchen an, die auf dem Grillrost liegen.

»Hör nicht auf die beiden Idioten«, sage ich und Kati ergänzt: »Sind halt Jungs, die sind alle blöd.«

»Hey!«, ruft Leon.

»Fast alle«, korrigiert Anna.

Aber das scheint Thao nicht wirklich zu trösten. Sie starrt immer noch traurig die Würstchen an, die auf dem Grill brutzeln.

»Ich finde, wir sollten alle nur Kakao trinken und auf die Bratwürstchen verzichten«, schlage ich vor.

»Warum das denn?«, fragt Dieter erstaunt.

»Woraus werden Würstchen gemacht?«, frage ich leise zurück.

»Keine Ahnung!« Dieter zuckt mit den Schultern. »Ist mir auch egal, Hauptsache, die schmecken gut.«

»Die werden aus Stinktieren gemacht«, flüstere ich ihm zu.

»Echt?!« Dieter starrt mich erschrocken an.

»Natürlich nicht«, beruhige ich ihn. »Aber aus Schweinen und deswegen sollten wir vor Thao lieber keine Würstchen essen.«

Die anderen sehen das genauso und deswegen bestellt Kati nur vier Kakao, aber die dafür mit Sahne. Zwei teilen sich Dieter, Jasper, Thao und Paula. Die beiden anderen teilen sich Kati, Leon, Anna und ich.

Während Paula und Thao still an ihrem Kakao nippen und sich Dieter und Japser darüber streiten, wer von ihnen die Sahne und wer den Kakao bekommt, überlegen wir alle zusammen, wie es sein kann, dass Kati einen Begleiter hat, obwohl weder ihr Vater noch ihre Mutter einen besitzen.

»Vielleicht ist Thao so eine Art Fehllieferung«, flüstert Leon, damit Katis Hängebauchschwein das nicht hören kann. »So wie ein Paket, das im falschen Haus abgegeben wird. Das ist bei uns schon ganz oft vorgekommen.«

»Ich gebe Thao aber auf keinen Fall zurück«, sagt Kati.

»Du wüsstest ja auch gar nicht, an wen«, beruhigt Leon sie. »Thao bleibt jetzt auf jeden Fall bei dir.«

»Könnte es nicht sein, dass die Gabe, einen Begleiter zu haben, einfach eine Generation übersprungen hat? Wäre doch möglich, dass deine Oma oder dein Opa ein Tier hatten«, denke ich laut.

»Aber die sind doch schon lange tot«, sagt Kati. »Die habe ich gar nicht mehr kennengelernt.«

»Eben, da kannst du schließlich gar nicht wissen, ob sie nicht vielleicht doch einen Begleiter hatten. Die sieht man auf den Bildern ja nicht, wenn man die alten Familienfotoalben durchblättert«, antworte ich, denn auf den Urlaubsfotos sind Noras Zebra oder der Eisbär meines Vaters auch nie zu sehen. Das ist wie mit Vampiren, die kann man ja genauso wenig fotografieren.

»Könnte schon sein«, sagt Kati. »Ich habe sonst auch keine Erklärung.«

Anna hat dann aber doch noch eine, und wie immer macht sie dafür nicht viele Worte: »Adoptiert.«

»Wie soll das gehen?«, frage ich. »Kati kann doch kein Hängebauchschwein adoptieren.«

»Das meint Anna nicht«, erklärt Leon. »Sie meint, dass Katis Eltern nicht ihre echten Eltern sind, sondern dass sie Kati adoptiert haben. Und ihr richtiger Vater oder ihre richtige Mutter haben vielleicht tatsächlich einen Begleiter, aber das kann sie ja nicht wissen, weil sie die ja nie getroffen hat.«

Anna nickt und Kati wird ganz blass.

Mir ginge es genauso, wenn mir jemand sagen würde, dass meine Eltern möglicherweise gar nicht meine leiblichen Eltern sind.

»Ist ja aber nur eine Vermutung«, versuche ich Kati zu beruhigen.

Kati sagt nichts, sondern schiebt mir ihren Kakao rüber. So als wenn sie plötzlich keine Lust mehr darauf hätte.

»Stimmt«, sagt Anna und Leon ergänzt: »Das kann alles auch ganz anders gewesen sein.«

Sogar unsere Tier merken, dass irgendetwas nicht stimmt. Na ja, nicht alle. Nur Paula und Thao schauen besorgt zu uns rüber, während Jasper und Dieter die Gelegenheit nutzen und sich über die Sahne der beiden hermachen.

Irgendwie weiß keiner von uns, was er sagen soll.

»Ich muss jetzt auch los. Meine Eltern ...« Kati macht eine kurze, nachdenkliche Pause, »... die wollen ja auch noch mit mir feiern.«

»Ich muss auch nach Hause«, sagt Leon und Anna macht mit der Hand ein Zeichen, dass sie ebenfalls spät dran ist.

Wir geben die Schlittschuhe ab und das geht ganz schnell. Die Schlange vor der Bude hat sich längst aufgelöst und neue will auch keiner ausleihen, weil es über der Eisbahn immer noch schlimmer stinkt als auf einer Müllkippe im Hochsommer.

»Habt ihr was mit dem Gestank zu tun?«, fragt der Mann misstrauisch.

»Hier stinkt es schlimmer als in einem Adlerhorst mit fünf Küken drin«, ergänzt der Kakadu auf seiner Schulter.

Dabei schauen der Schlittschuhverleiher und sein Vogel Dieter ganz vorwurfsvoll an.

Wir schütteln alle nur den Kopf und gucken ganz unschuldig, so als könnten wir uns auch nicht erklären, wo der ekelhafte Gestank so plötzlich hergekommen ist.

Nur Dieter regt sich fürchterlich auf: »Das ist ja mal wieder so was von typisch! Da riecht es plötzlich mal ein bisschen anders als gewohnt und wer soll daran schuld sein? Natürlich das Stinktier! Vorurteile! Das sind alles nur schmutzige Vorurteile!«

»Entschuldigung, ist ja schon gut«, antwortet der Schlittschuhverleiher eingeschüchtert.

»War nicht so gemeint«, beschwichtigt der Kakadu.

»Phhh, das kann ja jeder sagen!«, erwidert Dieter und dreht den beiden den Hintern zu.

Der Mann und sein Vogel gehen sofort in Deckung. Aber Dieter stolziert einfach beleidigt davon und wir laufen ihm hinterher. Genau in dem Augenblick fängt es an zu schneien. Nur ganz leicht, aber das ist trotzdem wunderschön. Wir strecken alle unsere Zungen raus, um die Flocken aufzufangen. Auch Kati, und das lenkt sie hoffentlich ein bisschen von ihren schweren Gedanken ab. Seit Anna das mit der Adoption gesagt hat, ist sie nämlich ganz still geworden.

An der nächsten Straßenecke ist der Schnee auch schon wieder weg und wir verabschieden uns voneinander. Es ist kurz vor Weihnachten, da ist zu Hause noch wahnsinnig viel zu tun: Geschenke basteln, Gedichte auswendig lernen, den Weihnachtsmarkt besuchen, eine Tanne kaufen und so weiter und so weiter und so weiter.

Weihnachten ist echt die stressigste Zeit des Jahres.

Und die schönste ist es auch.

6. Duftbomben

Zu Hause ist es dann aber gar nicht weihnachtlich. Zu Hause ist richtig Ärger angesagt, das spüre ich, als ich in die Küche komme.

Meine Schwester Nora ist sauer auf mich. Sie ist mit Louis verabredet. Louis ist ihr Freund, und da wollte sie sich vorher noch die Haare waschen. Das geht aber nicht, weil ich heute Morgen für Dieters Fellwäsche ihr ganzes teures Shampoo aufgebraucht habe.

Mama ist auch wütend, weil ich das Badezimmer unter Wasser gesetzt, danach aber nicht aufgewischt habe. Und weil ihr Bademantel klitschnass war und ich vergessen habe, ihn aufzuhängen. Wir waren heute Morgen so spät dran, dass ich den einfach nass auf dem Boden liegen lassen musste. Obwohl das ja gar nicht doof war, denn eigentlich hätte Mama mit ihrem Bademantel gleich die ganzen Pfützen aufwischen können. Aber das behalte ich lieber für mich. Ich bezweifle, dass sie das für eine genauso gute Idee hält wie ich.

Papa ist auch sauer. Aber nicht auf mich, sondern auf Mama. Die will, dass er draußen die Lichterdeko am Haus anbringt. Doch dazu hat Papa keine Lust, weil das so viel Arbeit macht und er die Beleuchtung kitschig findet. Am sauersten ist aber Nora. Meine große Schwester steht mit ihrem Zebra in der Küche und kann sich gar nicht mehr beruhigen.

»Kannst du nicht dein eigenes Shampoo benutzen?«, brüllt sie mich an.

»Das war ja gar nicht für mich«, verteidige ich mich.

»Für wen denn dann?«, fragt Papa verwundert.

»Für Dieter natürlich.« Ich kann seinen Namen so offen nennen, weil Mama in den Keller gegangen ist, um die Weihnachtsdeko für den Garten raufzuholen.

»Du hast mein teures Shampoo für dein stinkiges Stinktier verschwendet?!«, schreit Nora jetzt völlig fassungslos.

»Total vergeudet«, sagt Mathilde und schnüffelt an Dieters Fell. »Der alte Putzlappen stinkt wie immer.«

Auch Papas Eisbär reckt seine Nase in die Höhe und zieht einmal tief die Luft ein: »Stinktier bleibt Stinktier, da hilft auch kein Parfüm. Nicht mal ein teures.«

Papa muss lachen und das finde ich gemein. Sie sind alle vier gemein zu Dieter und ich will gerade etwas sagen, um ihn zu verteidigen, als sich Dieter auch schon in die richtige

Position stellt, um sich mit einer ordentlichen Stinkattacke zu rächen.

»Augen zu, Nasen auf«, knurrt Dieter. »Als Entschädigung für Noras tolles Shampoo spendiere ich euch eine Gratis-Ladung von meinem speziellen Parfüm *Skunk de luxe*.«

»Nein!«, rufe ich, aber es ist zu spät.

Ich höre wieder das gleiche Zischen, das ich heute schon auf der Eisbahn gehört hatte.

Aber dann passiert etwas wirklich Seltsames. Ich rieche keinen Gestank, sondern den Duft von gerösteten Kastanien, frischen Tannennadeln und gebackenen Plätzchen, die gerade aus dem Ofen kommen.

»Oh, habt ihr schon angefangen zu backen?« Genau in dem Augenblick betritt Mama die Küche. In der Hand hält sie den Pappkarton, in dem wir unsere Weihnachtsdeko aufbewahren.

Wir schütteln alle nur den Kopf, auch Dieter. Wir sind völlig sprachlos, weil sich keiner von uns erklären kann, was hier gerade passiert ist.

Dafür ist der ganze Streit und Ärger plötzlich verflogen und das kann nur an dem wunderbaren Duft liegen, der immer noch die ganze Küche erfüllt. Jedenfalls ist plötzlich keiner mehr sauer auf den anderen. Papa nimmt Mama den Karton ab, um mir ihr gemeinsam draußen im Garten die Deko anzubringen, und Nora geht zu ihrem Date mit Louis, ohne sich die Haare zu waschen. Das ist bei ihr auch gar nicht nötig, das hat sie gestern erst getan, und ich verstehe sowieso nicht, wie man freiwillig jeden Tag duschen und sich Shampoo in die Haare schmieren kann.

Weil jetzt keiner mehr in der Küche ist, trage ich Dieter rauf in mein Zimmer. Seit seiner Duftbombe hat er kein einziges Wort mehr gesagt und das macht mir ein bisschen

Sorgen. Ich glaube nämlich nicht, dass er das nur spielt. So wie an der Eisbahn. Ich glaube, es geht ihm wirklich nicht gut und das kann ich verstehen. Ein Stinktier, das nicht mehr stinkt, ist ja kein richtiges Stinktier mehr. Das ist ja dann eher ein Dufttier. Das ist so, als wenn man einem Cowboy seinen Revolver wegnimmt oder einem Yedi-Ritter sein Laserschwert.

Dieter rollt sich sofort auf meinem Bett zusammen und versteckt seine Schnauze unter dem schwarz-weißen Fell seines buschigen Schwanzes.

»Möchtest du die Schokolade aus meinem Adventskalender?«, frage ich ihn, um ihn ein bisschen abzulenken. »Wir haben das Türchen heute doch noch gar nicht geöffnet.«

»Keinen Hunger«, antwortet Dieter und jetzt mach ich mir wirklich Sorgen. Ich setze mich neben ihn auf mein Bett und streichle ihm tröstend über sein weiches Fell. Normalerweise fängt er dann immer an zu schnurren. Heute nicht.

»Wir könnten uns drüben bei Nora auf dem Computer ein paar Filme angucken?«, schlage ich vor. »Oder den Text auf ihrem Bildschirmschoner von ›Louis ist süß‹ zum Spaß in ›Zebras sind doof‹ ändern. Das wäre doch lustig, oder?!«

Im Gegensatz zu mir hat Nora nämlich schon einen eigenen Rechner für die Schule und zum Chatten und so. Aber

weil ich ihr Passwort kenne, kann ich den auch benutzen. Zumindest dann, wenn meine Schwester nicht da ist und vergessen hat, ihr Zimmer abzuschließen.

»Keine Lust«, murmelt Dieter.

»Und wenn wir an Noras Fenster mit Fingerfarbe ›Louis ist ein Spargeltarzan‹ schreiben? So groß, dass das jeder lesen kann, der draußen auf der Straße vorbeigeht?«

Diesmal antwortet Dieter noch nicht mal mehr, sondern seufzt nur traurig.

»Vielleicht war das in der Küche ja nur eine Art Fehlzündung«, versuche ich ihn zu trösten. »Das muss doch jetzt nicht immer so sein. Ich bin sicher, du kannst immer noch genauso gute Stinkbomben abfeuern wie früher.«

»Meinst du?« Dieter hebt den Kopf und schaut mich hoffnungsvoll an.

»Probiere es doch einfach noch mal aus.«

»Hier? In deinem Zimmer?«, fragt Dieter überrascht.

Ich zögere einen Moment, antworte dann aber tapfer: »Ja, klar, warum nicht?!«

»Einen Versuch ist es wert.« Dieter stellt sich in Position. Ich kann richtig sehen, wie er sich konzentriert, und dann lässt er eine seiner gefürchteten Stinkbomben los.

Es zischt, so wie immer, aber stinken tut es kein bisschen. Es riecht wieder ganz weihnachtlich nach Kastanien, Tannennadeln und Plätzchen. Dieter probiert es noch dreimal, doch das Ergebnis ist immer dasselbe. In meinem Zimmer duftet es so herrlich, als wären wir in einer Backstube. Oder in einem Tannenwald. Oder auf einem Weihnachtsmarkt. Oder alles zusammen. Es riecht jedenfalls himmlisch, finde ich. Nur Dieter findet das nicht.

»Ich werde nie wieder stinken können«, ruft er verzweifelt und verkriecht sich unter meiner Bettdecke. Da kommt er auch nicht mehr raus, da kann ich ihm noch so gut zureden.

Irgendwann gebe ich es auf und probiere, ob Noras Zimmertür abgeschlossen ist.

Ich habe Glück. Die Tür ist offen und ich kann an ihren Rechner. Im Internet gebe ich »Mein Stinktier stinkt nicht mehr« ein. Vielleicht finde ich da irgendeinen Tipp, mit dem ich Dieter helfen kann. Doch auf meine Suchanfrage kriege ich keinen einzigen Treffer und das ist eher ungewöhnlich, weil man im Internet sonst ja immer zu allen möglichen Dingen irgendetwas findet. Stinktiere, die nach Weihnachten riechen, gibt es aber scheinbar keine, und das macht die Sache mit Dieter nur noch rätselhafter.

Weil ich zu Dieters Problem nichts finden kann, recherchiere ich ein bisschen wegen der Sache mit Kati. Ich will wissen, wie so eine Adoption abläuft und ab wann man als Kind erfahren kann, wer seine wahren Eltern sind. Zu diesem Thema gibt es viel, viel mehr Treffer als zu den Weihnachtsstinkbomben von Dieter. Die meisten der Texte sind aber furchtbar kompliziert und ich muss mich konzentrieren, um alles verstehen zu können.

Jedes Jahr werden in Deutschland ungefähr dreitausend Kinder adoptiert. Die meisten davon aber von ihren eigenen Familien, etwa wenn die Mama oder der Papa neu geheiratet haben. Nur etwa tausend Kinder werden von Fremden adoptiert, weil sie entweder keine Eltern mehr haben oder die sich nicht um ihre Kinder kümmern können. Tausend Kinder sind jetzt nicht so wahnsinnig viel und deswegen ist es eigentlich relativ unwahrscheinlich, dass Kati dazugehört. War ja auch nur so eine Idee von Anna und vielleicht gibt es für Thao auch eine ganz andere Erklärung.

Ich lese trotzdem weiter und erfahre, dass adoptierte Kinder erst mit sechzehn von den Behörden erfahren können, wer ihre leiblichen Eltern sind. Sie könnten natürlich auch einfach ihre Adoptiveltern fragen, aber in den Berichten steht, dass das vielen sehr, sehr schwerfällt.

Ich frage mich, was ich tun würde, wenn ich den Verdacht hätte, dass mich meine Eltern adoptiert haben. Das Gefühl kennt ja wohl jeder, dass man manchmal denkt, die Familie, in der man lebt, ist gar nicht die eigene Familie. Die sind alle so doof zu mir, hier gehöre ich gar nicht hin. Und dann denkt man sich, dass es irgendwo auf der Welt eine Familie gibt, in der alle ganz lieb zu einem wären. Vielleicht sogar eine Königsfamilie mit einem riesigen Schloss, weil man in Wirklichkeit nämlich eine Prinzessin oder ein Prinz ist und bei der Geburt blöderweise versehentlich vertauscht worden ist.

Also ich denke das zumindest manchmal. Aber immer nur ganz kurz. Denn eigentlich bin ich mit meiner Familie ganz zufrieden. Meistens jedenfalls.

Um mich selbst ein wenig aufzuheitern und mich von meinen Sorgen um Dieter und Kati abzulenken, ändere ich den Begrüßungstext von Noras Rechner. Dann weiß sie zwar, dass ich heimlich an ihrem Computer war, aber das ist mir der Spaß wert. Wenn meine Schwester das nächste Mal ihren Rechner einschaltet, wird sie auf dem Bildschirm mit ›stinkige Grüße!‹ empfangen.

Ich muss kichern, als ich den Computer ausschalte, und laufe schnell zurück zu Dieter, um ihm alles zu erzählen. Aber mein Stinktier hat sich immer noch unter der Decke verkrochen. Alle paar Sekunden ist ein lautes Seufzen zu hören, und sogar als ich ihm von den stinkigen Grüßen er-

zähle, die ich Nora auf ihrem Rechner hinterlassen habe, reagiert Dieter nur mit einem leisen Stöhnen.

»Zora, guck doch mal aus dem Fenster, wie schön das ist!«, ruft meine Mutter aus dem Vorgarten zu mir hoch.

Ich gehe zum Fenster und schaue hinaus. Meine Eltern sind fertig mit Dekorieren. Im Garten glitzern Tausende kleine Lämpchen und es gibt sogar einen beleuchteten Schlitten, der von zwei Rentieren gezogen wird. Mein Vater steht mit Lasse daneben. Beide sehen nicht ganz so begeistert aus wie meine Mutter. Klar sind der Schlitten und die vielen Lichter in unserem Vorgarten schrecklich kitschig. Aber hübsch ist es trotzdem.

»Das musst du dir anschauen!« Ich laufe zum Bett, schlage die Decke zurück und schnappe mir Dieter. Dann renne ich mit ihm ans Fenster, um ihm den Lichterglanz draußen zu zeigen.

»Mach das aus! Das blendet!«, brummt Dieter. »Da kriegt man ja Augenkrebs davon!«

Er hält sich die Pfoten vor die Augen. Aber ich kann sehen, dass er zwischen seinen Krallen hindurchschielt. Ich glaube, dass Dieter unsere Weihnachtsdeko in Wahrheit genauso kitschig schön findet wie ich. Doch das würde er natürlich niemals zugeben. Und heute schon gar nicht.

7. Große Klappe, nichts dahinter

»Kein Wort zu niemandem. Vor allem nicht zu Jasper, tu mir bitte den Gefallen«, fleht Dieter mich an, als wir am nächsten Morgen zur Schule laufen.

»Kein Wort worüber?«, frage ich.

»Na, von meiner … du weißt schon … dieser kleinen, vorübergehenden Unpässlichkeit, das muss ja nicht jeder wissen.«

»Wovon sprichst du?« Ich weiß immer noch nicht, was er meint.

»Dass ich nicht mehr stinken kann, natürlich!«, faucht Dieter mich an.

»Keine Sorge«, beruhige ich ihn. »Von mir erfährt niemand etwas. Ich kann schweigen wie ein Parfümgeschäft. Oder ein Blumenladen. Oder noch besser, wie eine Weihnachtsbäckerei.«

»Das ist nicht komisch, Frolleinchen«, sagt Dieter streng, während ich kichere.

»Ist ja schon gut«, erwidere ich. »Aber kann es nicht sein, dass der Duft etwas mit deinem Gewicht zu tun hat?«

»Was soll denn mein Gewicht damit zu tun haben? Ich verstehe nur Bahnhof.«

»In der Natur sind dicke Stinktiere ja eher selten ...«

»Ich bin nicht dick«, unterbricht mich Dieter.

»Lass mich doch mal ausreden«, fahre ich fort. »In der Natur sind Stinktiere alle ganz schlank und stinken. Du bist nicht schlank und du stinkst auch nicht. Könnte doch sein, dass da ein Zusammenhang besteht.«

»Aber gestern hat es noch funktioniert«, widerspricht mir Dieter.

»Ja, aber dann hast du die ganze Tüte mit den Keksen gegessen und Kakao mit Sahne getrunken. Vielleicht waren das genau die entscheidenden Gramm zu viel, die aus dir ein nicht stinkendes Stinktier gemacht haben.«

»Meinst du?« Dieter schaut auf seinen dicken Bauch.

»Einen Versuch wäre es wert«, schlage ich vor. »Vielleicht klappt das mit dem Stinken ja wieder genauso gut wie vorher, wenn du ein bisschen trainierst und Diät hältst.«

Dieter atmet einmal tief durch, dann brummt er: »Probieren kann man es ja mal.«

Dieter fängt an zu joggen, aber weil das nicht so besonders schnell geht, kann ich mühelos neben ihm her schlendern. Als wir an einer Ampel halten müssen, nutzt er die

Zeit sogar, um ein paar Liegestütze zu machen. Er scheint das mit Abnehmen wirklich ernst zu nehmen, auch wenn er schon nach dem zweiten Liegestütz völlig erschöpft zusammenbricht.

Ein schlanker Gepard und eine dünne Antilope, die gerade mit ihren Menschen vorbeikommen, bleiben stehen und lachen sich halb tot. Mein Stinktier tut so, als wenn er ihr Gelächter nicht hören würde. Ohne Stinkbomben kann er sich ja auch gar nicht wehren. Dieter steht auf und fängt an, auf der Stelle zu traben, bis die Ampel wieder auf Grün springt.

Dann sprintet er los, um es dem Geparden und der Antilope zu zeigen. Aber die lachen noch viel mehr, als Dieter auf der Mitte der Straße zusammenbricht. Ich muss ihn hochnehmen und auf die andere Seite tragen, damit er nicht überfahren wird.

»Und? Sieht man schon was?«, fragt Dieter schnaufend, als ich ihn wieder auf dem Bürgersteig absetze.

»Was soll man denn sehen?«, erwidere ich.

»Na, ob ich schon abgenommen habe!«

»Ehrlich gesagt, nein!«, antworte ich.

»Vielleicht hat es ja trotzdem schon gereicht. Warte, ich probiere es mal. Ganz vorsichtig und nur ein bisschen.«

Ich trete sicherheitshalber ein paar Schritte zurück, obwohl ich nicht glaube, dass das bisschen Sport wirklich was gebracht hat. Und tatsächlich, nach dem Zischen riecht es auf der Straße nach Spekulatius.

Dieter stöhnt enttäuscht und fängt wieder an zu joggen. Nach zweihundert Metern nehme ich ihn erneut auf den Arm.

»Hey, was soll das? Ich muss trainieren!«, beschwert sich Dieter.

»Wenn wir in dem Tempo weitermachen, komme ich zu spät in die Schule«, antworte ich und laufe los.

Ich schaffe es trotzdem nicht mehr rechtzeitig. Aber das ist nicht so schlimm. In der ersten Stunde haben wir Deutsch bei Herrn Schwarm. Der sieht das mit dem Verspäten nicht so eng. Trotzdem sind bei ihm fast immer alle pünktlich, weil sein Unterricht so toll ist.

»Setz dich hin, wir haben noch nicht angefangen«, sagt Herr Schwarm, als ich mit Dieter fünf Minuten zu spät in die Klasse komme. Mein Deutschlehrer kann Dieter sehen, weil er selber einen Begleiter hat. Sein weißer Wolf heißt

Rolf und macht es sich während des Unterrichts meistens auf dem Boden neben dem Lehrerpult bequem.

Leon, Anna und Kati sind auch schon da. Jasper winkt uns aufgeregt zu, Paula schläft mal wieder an Annas Oberarm und Thao liegt auf Katis Schoß. Ich laufe schnell zu Kati rüber und setze mich auf meinen Platz neben sie.

»Was ist los?«, frage ich Kati, weil Thao ganz traurig aussieht.

Kati antwortet nicht, sondern deutet mit ihrem Kopf auf Jessica und Lili, die hinter uns sitzen.

Jessica und Lili haben auch Begleiter, ein wunderschönes Einhorn und einen hübschen Fuchs. Früher fand ich das ungerecht, weil Jessica und Lili sowieso die beliebtesten Mädchen in der Schule sind. Früher wollte ich auch unbedingt ihre Freundin sein und zu ihrer Clique gehören. Früher wusste ich auch noch nicht, wie blöd die beiden sind. Und ihre zwei Begleiter auch. Ganz kurz war Jessica auch mal nett zu uns. Das war, nachdem wir ihr Einhorn aus der alten Geisterbahn befreit hatten. Das war nämlich entführt worden, zusammen mit ganz vielen anderen magischen Tieren. Unser ›Club der super Tiere‹ hat den Fall gelöst und die Chefin, die hinter den Entführungen steckte, besiegt. Aber schon kurze Zeit später war Jessica wieder genauso hochnäsig und eingebildet wie vorher. Ich glaube, sie hatte Angst, dass sie sonst nicht mehr zu den beiden beliebtesten Mädchen der Schule gehört. Mit Kati, Leon, Anna und mir ist sonst nämlich niemand befreundet, nur wir selber.

»Ich kriege plötzlich wahnsinnigen Hunger auf Schweinekotelett«, höre ich Lilis Fuchs hinter mir rufen und Jessicas Einhorn stichelt: »Und ich auf ein leckeres Schnitzel.«

»Ihr seid fies«, brüllt Jasper von hinten, aber als Lilis Fuchs seine Zähne bleckt, ist er still und verzieht sich lieber in Leons Schulranzen.

Dieter ist nicht still.

»Noch ein Wort und ich stänkere euch so ein, dass ihr noch am Heiligabend riecht, als hätte man euch kopfüber durch eine Kläranlage gezogen«, ruft er den beiden zu.

Das ist natürlich ein Bluff, aber das können das Einhorn und der Fuchs ja nicht wissen. Die halten jetzt beide brav die Klappe.

»Danke«, flüstert Thao und Kati streicht Dieter anerkennend über den Kopf.

Herr Schwarm und sein Wolf haben das alles natürlich mitbekommen, und ich bin mir sicher, unser Lehrer hätte sich auch eingemischt, wenn das Einhorn und der Fuchs Thao weiter geärgert hätten.

Nicht umsonst reden wir in der Unterrichtsstunde über die Rechte von Tieren und ob man die einfach so essen darf oder nicht.

»Ich esse zum Beispiel gar kein Fleisch«, sagt Herr Schwarm.

Thao seufzt glücklich und himmelt ihn mit großen Augen an. Das tun eigentlich alle Mädchen. Ich auch.

Vor allem, weil er in seinen Deutschstunden mit uns über Sachen spricht, die uns auch wirklich betreffen. Deswegen ist sein Unterricht auch so spannend. Genau wie heute. Am Ende der Stunde sind wir zwar nicht alle Vegetarier gewor-

den, aber wir haben uns immerhin vorgenommen etwas weniger Fleisch zu essen, und auch nur von Tieren, die ein gutes Leben hatten. Auch wenn das etwas teurer ist.

In der Pause stehe ich mit Kati, Anna und Leon in der Schlange vor dem Schulkiosk. Unser Hausmeister, der dort Süßigkeiten, belegte Brötchen und Getränke verkauft, hat auch einen Begleiter. Es ist ein Pfau, und die beiden passen überhaupt nicht zusammen, weil der Pfau wunderschön ist und unser Hausmeister eher nicht.

Thao bleibt ganz dicht bei Kati, und Paula pennt an Annas Arm. Dieter und Leon haben sich verzogen, nachdem sie bei uns ihre Bestellung abgegeben haben: vier Schweineohren für Dieter, weil er schon so viel trainiert hat, und zwei für Jasper.

Dabei haben die beiden albern gekichert und zu Thao rübergeschaut. Jetzt stehen mein Stinktier und Leons Ratte ein paar Meter von uns entfernt an der Reckstange. Dieter übt Klimmzüge und Jasper feuert ihn an, so als wenn er sein Trainer wäre.

»Was ist denn mit Dieter los?«, fragt Leon.

»Der will abnehmen«, antworte ich.

»Echt?«, fragt Anna.

»Freiwillig?«, fragt Kati.

»Er denkt, er sei zu dick, und das stimmt ja auch«, erwidere ich. Dass er nicht mehr stinken kann, erzähle ich nicht.

Dieter hat gerade den ersten halben Klimmzug geschafft und lässt sich erschöpft zu Boden fallen.

Unser Hausmeister und sein Pfau haben das gesehen und machen sich über ihn lustig. Das kann sich mein Stinktier natürlich nicht gefallen lassen.

»Was guckt ihr so blöd? Soll ich hier mal losstänkern? Dann könnt ihr euren Laden dicht machen!«, brüllt Dieter.

Seit er nicht mehr stinken kann, droht er bei jeder Kleinigkeit damit, gleich eine Stinkbombe loszulassen. Aber das ist ja oft so, und meine Oma sagt auch immer »Hunde, die bellen, beißen nicht«.

Der Pfau und unser Hausmeister sind sofort still, weil sie dann ja nichts mehr verkaufen könnten. Solange keiner weiß, dass Dieter nicht mehr stinken kann, braucht er es auch gar nicht. Da reicht schon die Drohung.

Mittlerweile sind wir in der Schlange so weit vorgerückt, dass wir unsere Bestellung aufgeben können.

»Ich hätte gern ein Käsebrötchen und sechs Schweineohren.« Das mit den Schweineohren habe ich nur geflüstert, damit Thao es nicht hören kann.

»Du musst schon lauter reden, sonst verstehe ich dich nicht«, raunzt mich unser Hausmeister an.

»Schweineohren, sechs Stück, bitte«, wiederhole ich etwas lauter.

»Ich habe immer noch kein Wort verstanden«, sagt der

Pfau, aber das glaube ich ihm nicht. Er und der Hausmeister können Katis Vietnamesisches Hängebauchschwein ja auch sehen und wollen es nur ärgern.

»Sechs Schweineohren!« Diesmal sage ich es so laut, dass Thao es auch versteht.

»Oh, nein! Wir grausam!«, brüllt sie und fasst sich an ihre Ohren. So als wollte sie gucken, ob die noch da sind.

»Das sind doch keine echten Schweineohren, die heißen nur so«, versucht Kati ihr Hängebauchschwein zu beruhigen, während der Hausmeister abkassiert.

»Die sind aus Blätterteig und schmecken ganz süß«, erklärt Leon.

»Sind da auch Nüsse drin?«, fragt Thao immer noch besorgt.

»Nein«, antwortete Anna und ich reiche Thao die Tüte mit den Schweineohren, damit sie die probieren kann.

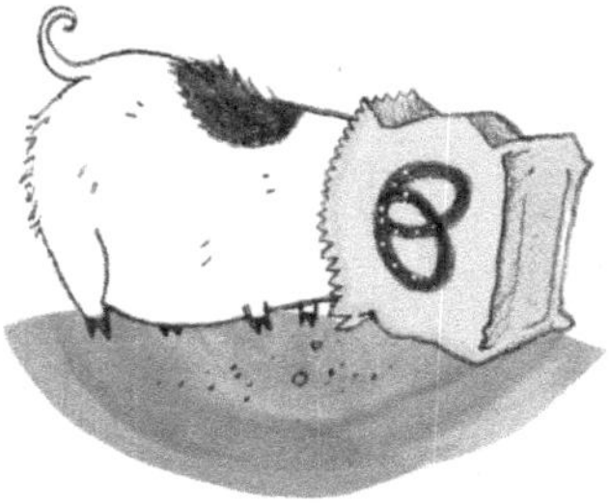

8. Auf zum Weihnachtsmarkt

»Hast du deine Eltern gefragt, ob du adoptiert worden bist?«, frage ich Kati, als wir zu Dieter und Jasper rübergehen.

»Ich habe mich nicht getraut«, antwortet Kati und das kann ich verstehen, das ist ja auch nicht so einfach.

»Aber wenn du nicht fragst, wirst du es nie erfahren«, sagt Leon.

»Doch, in sechs Jahren«, entgegne ich und erzähle den anderen, was ich gestern im Internet herausgefunden habe.

»Selber nachschauen«, sagt Anna plötzlich, und erst als wir sie alle fragend anschauen, erklärt sie uns, dass ihre Mutter als Putzfrau im Jugendamt arbeitet. Und wenn wir uns trauen, könnten wir mit ihr abends bestimmt mal heimlich ins Rathaus gehen, um selber in den Akten nachzusehen.

So viel hat Anna bisher nur ganz selten am Stück gesprochen, und als sie zu Ende geredet hat, ist uns allen etwas mulmig bei dem Gedanken, nachts in das Rathaus unserer Stadt einzusteigen.

»Endlich gibt es was zu essen! Das habe ich mir verdient, nach dem anstrengenden Training«, begrüßt uns Dieter, als wir ihn erreicht haben.

Ich nehme Thao die Tüte aus der Pfote und bemerke erst jetzt, dass Katis Vietnamesisches Hängebauchschwein in der Zwischenzeit ganz alleine alle sechs Schweineohren aufgefressen hat.

»Die waren lecker und ganz ohne Nüsse«, sagt Thao und angelt dabei mit ihrer Zunge nach ein paar Krümeln, die an ihrem nassen Rüssel hängen geblieben sind.

»Sag jetzt nicht, die hat alles aufgefuttert?« Dieters Blick pendelt fassungslos zwischen mir und Thao hin und her.

»Durfte ich das etwa nicht?«, fragt Thao besorgt.

Jasper schnappt sich die leere Papiertüte. Er bläst hinein, bis sie ganz prall gefüllt ist, und lässt sie dann mit einem lauten Knall platzen.

»Klar durftest du, sonst geht es dem dicken Stinktier hier nämlich irgendwann genauso wie der Tüte«, ruft Leons Ratte und lacht. »Dann platzt es.«

Dieter sagt nichts, sondern geht sofort in Position für eine seiner Stinktattacken.

»Tu es nicht!«, brülle ich, aber Dieter ist so wütend, dass

er mich nicht hört und völlig vergisst, dass seine Stinkbomben nicht mehr stinken, sondern nach Tannennadeln, Plätzchen und Kastanien riechen.
Kurz darauf duftet der Schulhof ganz weihnachtlich und alle Kinder schauen sich verwundert um, wo der herrliche Geruch plötzlich herkommt.

Den Rest des Vormittags bin ich damit beschäftigt, den anderen zu erklären, was mit Dieter los ist, und den Matheunterricht von Frau Gemetzel zu überleben. Von Dieter ist dabei keine Hilfe zu erwarten. Weder beim Erklären noch in Mathe. Sonst sagt er mir immer die richtigen Antworten vor. Im Rechnen ist er ziemlich gut, im Gegensatz zu mir. Heute sagt er kein Wort, sondern liegt einfach nur traurig auf meinem Schoß. Auch wenn es kurz vor den Ferien ist, macht Frau Gemetzel knallharten Unterricht, so wie immer. Ich glaube, sie würde uns sogar noch am Heiligabend fünf Minuten vor der Bescherung Matheaufgaben zum Lösen geben. So eine Art von Lehrerin ist sie nämlich.

Nach der Schule verabschieden wir uns am Tor. Kati und die anderen fragen, ob wir uns am Nachmittag nicht treffen wollen, um unsere weiteren Pläne zu besprechen. Aber ich kann nicht. Meine Eltern wollen mit Nora und mir auf den Weihnachtsmarkt gehen, und da kann ich mich ja schlecht mit den anderen verabreden.

»Sollen wir nach Hause joggen?«, fragt Dieter, als ich mich von meinen Freunden verabschiedet habe.

»Meinetwegen«, antworte ich und trabe langsam los.

Dieter versucht mit mir Schritt zu halten. Doch das gelingt ihm nicht und deswegen verringere ich mein Tempo, aber so, dass er es nicht merkt.

»Ich bin seit heute Morgen schon viel fitter geworden, nicht wahr?«, keucht Dieter.

»Aber nur, weil du keine Schweineohren gegessen hast«, erwidere ich.

»Ich bin halt großzügig«, erklärt Dieter. »Das liegt in der Natur von Stinktieren.«

Ich muss mich anstrengen, um mir das Lachen zu verkneifen. Stinktiere mögen vielleicht großzügig sein, Dieter ist es ganz bestimmt nicht.

Immer wenn uns jemand mit einem Tier begegnet, versucht er etwas schneller zu werden, um danach sofort wieder in sein Schneckentempo zurückzufallen. Er nennt das Rennen, ich nenne es Kriechen. Aber das sage ich ihm natürlich nicht. Ich finde es ja gut, dass er sich Mühe gibt. Und ich bin froh, dass es ihm wieder etwas besser geht.

Trotzdem kommen wir so natürlich viel langsamer voran, als wenn ich ihn tragen würde. Dadurch habe ich wieder Zeit, über alles nachzudenken, was in letzter Zeit so passiert ist. Über Dieters plötzliche Duftwolken zum Beispiel. Oder darüber, ob wir wirklich in das Rathaus einbrechen sollen, um herausfinden, wer Katis echte Eltern sind. Obwohl, richtig einbrechen ist das ja nicht. Wir begleiten ja nur Annas Mama beim Putzen und brechen da keine Türen auf oder so. Außerdem ist es sowieso ganz allein Katis Entscheidung. Und wenn sie das wirklich möchte, ist ja klar, dass wir sie dabei nicht allein lassen. Wir sind ja ein Club, da hilft man sich. Auch wenn man dabei ein mulmiges Gefühl im Bauch hat.

Als ich mit Dieter endlich in unsere Straße einbiege, stehen meine Eltern schon im Garten neben dem Schlitten und den Rentieren und halten nach mir Ausschau. Sie machen sich bestimmt Sorgen, weil ich so spät von der Schule komme. Aber daran sind sie selber schuld. Wenn sie mir ein Handy kaufen würden, hätte ich sie ja anrufen können. Oder sie mich. Aber das tun sie nicht, da ich angeblich noch zu jung dafür bin. Und ich glaube auch nicht, dass ich zu Weihnachten eins kriegen werde, obwohl ich mir das wünsche.

»Wo hast du denn gesteckt?«, begrüßt mich meine Mutter. »Musstest du so bummeln? Du weißt doch, dass wir heute zusammen auf den Weihnachtsmarkt gehen wollen.«

Papa und sein Eisbär Lasse stehen neben ihr und grinsen, weil Dieter sich schwer keuchend auf den Sitz des Schlittens sinken lässt.

»Nora! Komm runter, wir können endlich los!«, ruft Mama ins Haus, aber meine Schwester taucht erst mit ihrem Zebra auf, als Papa eine Nachricht von seinem auf ihr Handy schickt.

Dann steigen wir alle in den Wagen. Mama und Papa sitzen vorne, Nora, Lasse, Dieter und ich hinten. Das ist ziemlich eng und zum Glück entscheidet sich wenigstens Mathilde, dass sie lieber neben dem Wagen her läuft, als sich auch noch zu uns auf die Rückbank zu quetschen.

»Ich bin doch nicht lebensmüde und fahre mit einem Stinktier in einem Auto«, sagt Noras Zebra. »Nicht mal mit einem, das Vanillewolken pupst.«

»Das wäre doch nett, wenn Dieter hier im Wagen ein

bisschen Weihnachtsstimmung verbreiten würde«, mischt sich Lasse ein. »Pups doch mal ein paar Zimtsterne, Stinktier.«

Mathilde und Lasse lachen. Meine Schwester fängt ebenfalls an zu kichern und auch Papa kann sich kaum beherrschen, während ich spüre, wie Dieter auf meinem Schoß kurz davor ist, aus lauter Wut zu explodieren. Ich streiche ihm beruhigend über sein Fell und flüstere: »Hör nicht auf sie. Die sind alle doof, vor allem Nora.«

Meine Schwester stößt mir ihren spitzen Ellbogen in die Seite.

»Das habe ich gehört!«, sagt sie und stößt gleich noch mal zu. »Und das ist dafür, dass du in mein Zimmer eingebrochen bist.«

Ich stoße natürlich sofort zurück und Dieter zwickt sie mit seinen spitzen Zähnen in den Oberschenkel. Mathilde kann ihr nicht helfen, die ist ja draußen, dafür mischt sich Lasse ein und langt mit seiner dicken Pranke nach Dieter. Auf der Rückbank ist jetzt eine richtige Prügelei im Gange, und die endet erst, als Mama brüllt: »Könnt ihr euch nicht ein Mal vertragen! Es ist doch bald Weihnachten, da ist man nett zueinander.« Um ehrlich zu sein, endet sie da noch nicht so richtig, sondern erst als Papa hinterherschiebt: »Wenn da hinten nicht gleich Schluss ist, bringt der Weihnachtsmann keine Geschenke.«

»Den gibt es doch gar nicht«, ruft Nora, hört aber trotzdem auf mich zu schubsen.

»Wie? Den gibt es nicht?« Dieter sieht ganz geschockt aus. »Wer bringt denn dann die Geschenke?«

»Das Christkind«, flüstere ich leise, weil er wirklich beunruhigt aussieht.

»Oder der Osterhase«, zischt Nora und kichert wieder. Genau wie Lasse.

Ich stoße sie in die Seite, damit sie den Mund hält, und streiche sanft über Dieters weiches Fell. Ein bisschen muss ich auch grinsen, weil mein cooles Stinktier scheinbar tatsächlich noch an den Weihnachtsmann glaubt.

»Wirklich?«, fragt Dieter.

»Klar doch«, erwidere ich.

Dieter rollt sich auf meinen Beinen zusammen und fängt an beruhigt zu schnurren, weil ich ihn da kraule, wo er es am liebsten hat: direkt hinter den Ohren.

Meine Mutter macht das Radio an und da spielen sie gerade den Song »Last Christmas«, der momentan ständig läuft. Meine Eltern fangen an laut mitzusingen und das ist ziemlich peinlich. Zum Glück hört das draußen keiner. Das hören nur Nora und ich und das ist schon schlimm genug. Meine Schwester steckt sich ihren Finger in den Hals und tut so, als müsste sie sich übergeben. Ich nicke ihr zu und schaue zu Lasse rüber. Aber der hat angefangen, mit seinen Tatzen im Takt der Melodie auf die Kopfstütze vor ihm zu trommeln, als wäre das ein Schlagzeug. Auch Dieter wippt mit seinem buschigen Schwanz im Rhythmus des Liedes. Kurz danach richtet er sich auf und fängt auf meinen Oberschenkeln an zu tanzen. Dabei hält er sich seinen buschigen Schwanz wie ein Mikrofon vor den Mund. Irgendwann grölen alle mit. Mama, Papa, Lasse und Dieter. Meine Mutter schaut in den Rückspiegel und nickt uns aufmunternd zu. Wahrscheinlich will sie, dass wir auch mitsin-

gen. Die kann ja nicht sehen, dass auf der Rückbank schon ein Eisbär und ein Stinktier eine Show abziehen, als wären sie Rockstars, die auf einer Bühne vor dreißigtausend Fans auftreten.

Nora und ich sehen uns an und verdrehen gleichzeitig die Augen, weil das alles so schrecklich peinlich ist.

Zum Glück hockt Mathilde nicht auch noch hier im Wagen. Noras Zebra würde bestimmt im Takt mit seinen Hufen klatschen. Aber Mathilde trabt draußen neben dem Auto her. Da hört die das gar nicht und andere Leute auch nicht. Es ist schon schlimm genug, dass manche uns sehen können. Als wir an einer roten Ampel halten, steht neben uns ein Auto mit einer älteren Frau und einem Nilpferd auf der Rückbank. Die beiden starren zu uns rüber, als wäre unser Wagen eine rollende Disco. Nora und ich werden knallrot und ich bin heilfroh, als die Ampel wieder grün wird und wir kurz darauf den Weihnachtsmarkt erreichen.

9. Reste trinken

Rund um einen riesigen Tannenbaum stehen Hütten, in denen man etwas zu essen, Glühwein und selbst gemachte Sachen kaufen kann. Außerdem gibt es noch eine kleine Bühne, auf der ein Chor Weihnachtslieder singt. Aber nicht »Last Christmas«, wie Mama und Papa vorhin im Auto, sondern nur die alten Sachen wie »Alle Jahre wieder«, »Oh, Tannenbaum« oder »Stille Nacht, heilige Nacht«.

Ich nehme Dieter auf den Arm, damit er von den vielen Menschen hier nicht versehentlich umgerannt wird, und schaue mir alles ganz genau an. Es ist nämlich schon fast dunkel und deswegen brennen überall die Lichter. Es sieht alles ganz herrlich weihnachtlich aus.

»Hier stinkt's«, sagt Nora plötzlich neben mir.

»Wieso? Duftet doch super.« Dieter reckt seine Schnauze in die Höhe und schnüffelt. »Ganz wunderbar duftet das.«

Ich ziehe ebenfalls die Luft ein und da rieche ich es auch.

Über dem ganzen Weihnachtsmarkt liegt der Geruch von altem, gammeligem Frittenfett. Der Gestank stammt von einer Bude, in der ein alter Mann in einem fleckigen Kittel Pommes verkauft. Neben ihm lehnt ein gelangweilter Kojote an der Wand. Der Kojote nimmt einen großen Schluck aus einer Bierflasche und reicht sie an den Mann weiter, der auf dem Grill verkohlte Würstchen wendet, damit die nicht noch schwärzer werden.

»Guckt mal, was ich für uns alle gekauft habe!« Papa hat vier rote Weihnachtsmann-Mützen mit farbig blinkenden Bommeln in der Hand.

Eine setzt er sich gleich selber auf, die anderen drei hält er Mama, Nora und mir hin.

»Die sind lustig«, sagt Mama und zieht sich auch eine über ihre Haare.

Nora sieht Papa an, als wäre er verrückt geworden, und ich habe auch nicht die Absicht, so eine peinliche Mütze aufzusetzen. Meine Eltern sind da völlig schmerzfrei, die laufen mit ihren blinkenden Bommeldingern auf dem Kopf über den Markt und finden das auch noch cool.

Warum müssen Eltern bloß immer so peinlich sein?

Lasse und Dieter finden die Mützen überhaupt nicht peinlich.

»Die sind total schick«, ruft mein Stinktier und Papas Eisbär ergänzt: »Ich will auch so eine.«

Nur Mathilde zeigt keinerlei Interesse an den Mützen, weil sie die sowieso nicht über ihre langen Ohren kriegen würde.

Als Mama nicht hinguckt, gebe ich Dieter meine und Lasse kriegt die von Nora. Die beiden sehen total glücklich aus, als sie sich die Mützen aufgesetzt haben. Zum Glück kann Mama sie ja nicht sehen und die meisten anderen Leute auf dem Weihnachtsmarkt können das auch nicht.

Sonst wäre das alles noch viel, viel peinlicher, als es sowieso schon ist.

»Krieg ich eine Pommes?«, fragt Dieter. »Das riecht so lecker.«

»Das riecht nicht, das stinkt«, korrigiere ich ihn. »Kein Wunder, dass an der Bude keiner was isst.«

Und das stimmt. An allen anderen Fressbuden stehen die Leute Schlange, um etwas zu essen zu kaufen. Nur bei dem Mann und seinem Kojoten ist niemand.

»Bitte, bitte, bitte!«, bettelt Dieter.

»Ich dachte, du wolltest abnehmen?«, entgegne ich.

»Aber um trainieren zu können, muss ich auch was essen. Ein Rennauto fährt ja auch nicht ohne Benzin«, sagt Dieter. »Also, was ist jetzt? Krieg ich Pommes mit Mayo und Ketchup?«

»Später vielleicht«, vertröste ich ihn, weil ich mir zusammen mit Mama, Nora und Mathilde die bunten Tücher anschauen will, die an einem der Stände verkauft werden. Papa, Lasse und Dieter interessieren sich nicht für die schönen Schals. Papa und Lasse gehen los, um für alle etwas zu trinken zu besorgen, und Dieter versucht mit seiner Pfote, nach einer Belgischen Waffel zu greifen, die ein kleiner dicker Junge neben uns in der Hand hält. Ich kann Dieter in letzter Sekunde zurückreißen, sonst hätte er sie dem Jungen glatt geklaut.

»Hey, was soll das!«, beschwert sich Dieter. »Hast du einen an der Waffel?«

»Ich nicht, aber du!«, flüstere ich, damit Mama das nicht hört. »Du kannst dem Kind doch nicht einfach seine Waffel wegnehmen.«

»Ich habe aber Hunger und da war sogar Sahne drauf!«, erwidert Dieter eingeschnappt. »Außerdem hätte ich dem Jungen damit einen Gefallen getan, der war eh zu dick!«

»Genau wie du«, flüstere ich sauer.

Eigentlich hätte ich damit gerechnet, dass Dieter darauf beleidigt irgendetwas erwidert. Aber das tut er nicht. Er ist ganz still. So still, dass ich mir Sorgen mache.

»Alles okay mit dir?«, erkundige ich mich.

Dieter sagt immer noch nichts, deutet aber mit seiner Pfote auf einen Weihnachtsmann, der mit einem braunen Sack auf dem Rücken und einem Elch an seiner Seite direkt auf uns zukommt.

»Hab ich es doch gewusst!« Dieter hat endlich seine Sprache wiedergefunden und zerrt aufgeregt an meinem Ärmel. »Guck doch mal! Guck doch mal! Da ist er! Von wegen, den gibt es gar nicht. Und das ist sogar einer von uns, der hat ein Rentier als Begleiter.«

»Das ist doch nur ein Student, der sich als Weihnachtsmann verkleidet hat und dafür bezahlt wird«, erkläre ich Dieter.

»Und warum wird er dann von einem Rentier begleitet?«, fragt Dieter.

»Das ist ein Elch und kein Rentier«, korrigiere ich ihn.

»Ich werde dir zeigen, dass das der echte Weihnachtsmann ist, du Klugscheißerin.« Dieter springt von meinem Arm herunter und läuft auf den Mann mit dem Elch zu.

»Lieber, lieber Weihnachtsmann! Ich wünsche mir zu Weihnachten einen riesigen Kühlschrank, randvoll gefüllt mit den allerfeinsten Leckereien!«

Dieter hat sich auf die Hinterbeine gesetzt und die Vorderpfoten in die Höhe gehoben. Dabei hängt ihm vor lauter Aufregung die Zunge aus dem Mund. Er sieht aus wie ein Hund, der Männchen macht.

»Hohoho!«, antwortet der verkleidete Weihnachtsmann, während der Elch neben ihm sich vor Lachen kaum halten kann. »Das ist aber ein sehr großer Wunsch.«

»Ich war ja auch sehr brav, nicht wahr, Zora? Sag ihm, wie brav ich war«, fordert Dieter mich auf.

»Na ja, so brav nun auch wieder nicht«, sage ich, weil er ja gerade eben noch versucht hat, einem kleinen Jungen seine belgische Waffel zu klauen. Und wegen ein paar anderer Sachen, die er seit meinem zehnten Geburtstag angestellt hat.

Ganz viele Leute sind stehen geblieben und gucken neugierig. Die denken ja alle, der Weihnachtsmann würde mit mir reden. Zumindest die, die keinen Begleiter haben. Die Besucher, die mein Stinktier und den Elch sehen können, lachen sich schlapp, weil Dieter so lächerlich aussieht, wie er da auf seinen Hinterpfoten steht. Auch der Kojote und der alte Mann in dem fleckigen Kittel aus der Pommes-Bude schauen zu und haben ihren Spaß, während sie abwechselnd aus der Bierflasche trinken.

»Was ist denn jetzt mit dem vollen Kühlschrank?«, fragt mein Stinktier.

»Ich werde sehen, was sich machen lässt«, erwidert der Weihnachtsmann ausweichend. »Der passt ja auch gar nicht in meinen Sack rein.«

»Wie? Mal gucken, was sich machen lässt?! Passt nicht in deinen Sack rein?« Dieter starrt den Weihnachtsmann fassungslos an. »Du bist doch der Weihnachtsmann! Da ist das doch ein Klacks für dich!«

Der Mann in dem Weihnachtsmannkostüm beugt sich zu meinem Stinktier herunter und flüstert: »Ich bin doch nicht wirklich der Weihnachtsmann. Ich kriege dafür Geld, dass ich in dem roten Mantel und mit dem falschen weißen Bart hier auf dem Weihnachtsmarkt rumlaufe.«

Dieters Blick ist jetzt noch fassungsloser, falls das überhaupt möglich ist.

»Hey, Stinktier«, mischt sich der Elch ein. »Du glaubst doch nicht wirklich an den Weihnachtsmann, oder, Kumpel?«

Statt zu antworten, greift Dieter mit seiner Pfote nach dem weißen Bart und zieht kräftig daran. Scheinbar will er überprüfen, ob der nicht doch echt ist. Aber wie zu erwarten war, bleibt die weiße Wolle zwischen seinen Krallen hängen.

»Sag mal, spinnst du? Was soll der Quatsch?!« Der Student reißt meinem Stinktier den Bart aus der Pfote und

klebt ihn sich schnell wieder ans Kinn. Dann schnappt er sich seinen Sack und geht mit dem Elch weiter.

»Nimm es nicht so schwer«, versuche ich Dieter zu trösten. »Als ich klein war, habe ich auch an den Weihnachtsmann geglaubt. Aber dann hat Nora mir erzählt, dass die Geschenke von unseren Eltern kommen.«

»Kaufst du mir zu Weihnachten einen vollen Kühlschrank?«, will Dieter wissen.

»Wovon denn?«, erwidere ich, weil mein bisschen Taschengeld dafür niemals reichen würde.

»Schade«, entgegnet Dieter. »Aber nur weil dieser elende Betrüger mit seinem klapprigen Elch nicht der Weihnachtsmann war, heißt das noch lange nicht, dass es ihn nicht trotzdem gibt. Könnte doch sein, dass der Weihnachtsmann dennoch existiert und mir einen vollen Kühlschrank bringt, oder? Möglich wäre das doch, nicht wahr?«

»Möglich ist alles«, murmle ich, und das meine ich ernst.

Weil es nichts mehr zu gucken gibt, zerstreuen sich die Menschen, und auch ich gehe zu Mama, Papa, Nora, Lasse und Mathilde rüber. Sie stehen mit ihren Getränken an einem Stehtisch ganz in der Nähe der Bühne.

»Was hast du dich denn so lange mit dem Weihnachtsmann unterhalten?«, erkundigt sich Mama, als ich sie und die anderen erreiche.

»Ich habe mir Schnee zu Weihnachten gewünscht«, schwindle ich.

»Das tun wir ja wohl alle.« Papa zwinkert mir zu und schiebt mir eine Tasse über den Tisch. »Hier, trink was von dem heißen Kinderpunsch, der wird dich etwas aufwärmen.«

Nora hat auch eine Tasse Kinderpunsch vor sich und meine Eltern trinken jeweils einen Becher mit Glühwein. Als wir alle zusammen damit anstoßen, schwappt der warme Wein über den Rand. Aber das macht nichts, weil der Tisch sowieso schon ganz klebrig ist.

Normalerweise mag ich nur Musik, die aus dem Radio kommt. Aber hier auf dem Weihnachtsmarkt mit den bunten Lichtern, dem großen Baum und den vielen Buden finde ich den Chor auf der Bühne eigentlich ganz hübsch. Sogar meine große Schwester, die sonst immer so cool tut, schaut ausnahmsweise mal nicht auf ihr Handy und sieht ganz gerührt aus, und meine Eltern sowieso.

Wir hören dem Chor zu und deswegen achte ich für einen kurzen Moment nicht auf Dieter, der mit seiner Zunge den verschütteten Glühwein von der Tischplatte schleckt. Das merke ich aber erst, als Dieter plötzlich anfängt, aus voller Kehle mitzusingen.

»Oh, Tantenbaum! Oh, Tantenbaum! Wie blau sind deine Blätter!«

Dabei trifft Dieter nicht einen einzigen Ton und der Text stimmt ja auch vorne und hinten nicht.

»Alles okay mit dir?«, erkundige ich mich besorgt.

»Ging mir noch nie besser, hicks!«, lallt Dieter und starrt mich aus glasigen Augen an.

»Dein Stinktier ist ja völlig besoffen«, sagt Lasse und Mathilde ergänzt: »Sternhagelvoll ist der.«

»Ich zeig euch bleich… hicks… wer hier beloffen ist, hicks.« Dieter klettert jetzt ganz auf den Tisch und dreht den beiden schwankend seinen Po zu. Im nächsten Moment ist der ganze Weihnachtsmarkt in den Duft von Zimt und Vanille gehüllt. Der Geruch ist so stark, dass er sogar den Gestank des alten Frittenfetts überlagert.

»Oh, wo kommt das denn plötzlich her?«, fragt Mama. »Das riecht ja lecker.«

Wir anderen starren nur Dieter an, der nach seiner Duftattacke einfach umgekippt und auf dem Tisch eingeschlafen ist.

»Ich glaube, wir gehen jetzt mal besser«, sagt Papa, und das tun wir dann auch, obwohl Mama nicht versteht, warum wir alle so plötzlich nach Hause wollen, wo es hier auf dem Weihnachtsmarkt doch gerade so schön duftet.

»Hey! Wartet doch mal«, brüllt uns der Mann aus der Pommesbude hinterher. »Dein Stinktier kann sofort bei mir anfangen. Wenn der fleißig pupst, riecht keiner mehr mein altes Frittenfett!«

»Dann rollt auch der Rubel endlich wieder«, ruft sein Kojote. »Also, was ist? Der schwarz-weiße Putzlappen kriegt auch Glühwein, so viel er vertragen kann. Ist ja scheinbar nicht so viel.«

Ich reagiere gar nicht auf die beiden und Dieter sowieso nicht. Der schnarcht auf meinem Arm und das tut er auch noch, als wir längst zu Hause sind.

Ich bringe ihn in mein Bett und kuschle mich zu ihm. Ein bisschen tut er mir leid, weil ich weiß, was ihm morgen bevorsteht. Wenn Mama oder Papa zu Silvester oder an Karneval ein bisschen zu viel getrunken haben, ist ihnen am nächsten Tag immer ganz übel und man kann erst am Nachmittag wieder vernünftig mit ihnen reden.

Warum sollte es meinem Stinktier da besser gehen?

1Ø. Stinktier mit Kater

Am nächsten Morgen werde ich früh von Dieter geweckt. Er hockt auf meiner Bettdecke und jammert und stöhnt ganz schrecklich.

»Geht es dir nicht gut?«, frage ich leise.

»Musst du so brüllen?!«, faucht Dieter mich an. »Sehe ich aus, als wenn es mir gut ginge? Ganz fürchterlich geht es mir! Ich habe Kopfschmerzen und Durst. Ganz unglaublichen Durst! Ich könnte eine ganze Badewanne austrinken.«

»Selber schuld«, erwidere ich, obwohl er mir schon ein bisschen leidtut. »Du musstest ja unbedingt die ganze Glühweinpfütze aufschlecken.«

»Nicht so laut! Bitte, bitte nicht so laut! Mein Schädel dröhnt bei jedem Wort, als würde ein Güterzug durch meinen Kopf rattern.«

Ich streiche Dieter sanft über das Fell, aber selbst die kleinste Berührung scheint ihm Schmerzen zu bereiten.

»Komm, wir gehen in die Küche«, schlage ich vor und schaue auf den Wecker. »Da kannst du was trinken und ich muss sowieso zur Schule.«

Ich hebe Dieter ganz vorsichtig hoch und laufe mit ihm die Treppe runter. In der Küche stehen Papa und Lasse und trinken Kaffee.

»Oh, Tantenbaum! Oh, Tantenbaum!«, fängt Papas Eisbär an zu grölen, als er Dieter sieht.

Mein Stinktier verzieht vor Schmerz das Gesicht und vergräbt seine Ohren in meiner Armbeuge, um Lasses Gesang etwas abzudämpfen.

»Geht es ihm nicht gut?«, fragt Papa scheinheilig und sein Eisbär ergänzt kichernd: »Sieht so aus, als hätte das Stinktier einen Kater!«

Lasse hält die Hand hoch und lässt sich von Papa abklatschen. Dann lachen sie beide und das finde ich echt fies. Dieter auch, das spüre ich, weil er auf meinem Arm wieder zu zittern anfängt. Doch er ist einfach zu schwach, um sich zu wehren, und stinken kann er ja leider immer noch nicht.

»Hast du eigentlich Mama endlich von Lasse erzählt?«, frage ich Papa, um von Dieters Zustand abzulenken.

Papa antwortet nicht, sondern starrt in seine Kaffeetasse, als könnte er in der schwarzen Brühe eine Antwort auf meine Frage finden.

»Natürlich nicht, was denkst du denn?«, erwidert Lasse an Papas Stelle. »Er hat mal wieder gekniffen.«

»Das ist nicht so einfach«, versucht Papa sich zu verteidigen. »Ich wollte es heute Morgen machen, aber da musste deine Mutter so früh zur Arbeit, dass wir kaum gesprochen haben.«

Aber das glaube ich ihm nicht. Genau wie Lasse glaube ich, dass er sich einfach nicht getraut hat.

Papa schaut auf die Uhr und ruft: »So spät schon? Ich muss dringend los! Und du musst dich auch fertig machen, wenn du nicht zu spät zur Schule kommen willst.«

Papa gibt mir einen Kuss und rennt schnell aus der Küche.

»Irgendwann wird er es ihr schon sagen«, flüstert Lasse mir zu, als er Papa nach draußen folgt. An der Tür dreht sich der Eisbär aber noch mal um und brüllt, so laut er kann: »Schönen Tag noch, Dieter!«

Dieter zuckt vor Schmerzen zusammen und es geht ihm erst wieder ein wenig besser, als er hintereinander fünf Glas Wasser getrunken hat.

Ich esse in der Zeit das Frühstück, das Papa und Mama mir hingestellt haben. Der Teller meiner Schwester ist noch unberührt und das heißt wohl, dass sie heute erst später Schule hat. Und das ist ja überhaupt gemein, dass in meiner Klasse ganz selten Unterricht ausfällt, bei meiner Schwester aber ständig.

Auf dem Weg zur Schule lassen wir Dieters Lauftraining ausnahmsweise ausfallen. Dazu wäre er auch gar nicht in der Lage, so verkatert wie er immer noch ist. Stattdessen trage ich ihn.

Immer wenn ein Auto an uns vorbeifährt, presst sich Dieter die Pfoten auf die Ohren, und als sich ein Krankenwagen mit Martinshorn nähert, fängt er vor lauter Qualen an zu heulen wie ein ganzes Wolfsrudel.

Zum Glück verschwindet der Wagen kurz darauf hinter der nächsten Ecke und die Sirene und Dieters Geheule werden wieder leiser. Statt zu wimmern, hat mein Stinktier jetzt wieder angefangen zu jammern und zu stöhnen. Er klingt, als wäre er wirklich sterbenskrank und hätte nur noch wenige Stunden zu leben.

»Versprichst du mir, dass du ein Denkmal errichten lässt,

wenn ich tot bin«, haucht Dieter. »Ein richtig schönes, großes Denkmal aus Marmor oder Bronze für das beste, klügste und schönste Stinktier aller Zeiten.«

»Kenn ich das?«, frage ich, obwohl ich natürlich genau weiß, für wen das Denkmal sein soll.

»Sehr komisch, Frolleinchen«, erwidert Dieter gequält. »Das ist natürlich für mich, für wen denn sonst. Also was ist, versprichst du es mir?«

»Versprochen«, antworte ich großzügig, weil ich nicht glaube, dass es mit ihm wirklich zu Ende geht.

Ich glaube, es geht ihm sogar schon wieder besser. Als er heute Morgen aufgewacht ist, war er gar nicht in der Lage, über irgendwelche Denkmäler für das beste Stinktier aller Zeiten nachzudenken. Gegenüber seinem Zustand heute früh ist das auf jeden Fall eine deutliche Verbesserung.

»Ist vielleicht auch besser so, wenn ich hier in deinen Armen sterbe«, jammert Dieter weiter. »Was macht das Leben eines Stinktiers für einen Sinn, wenn es nicht mehr stinken kann. Da kann ich auch gleich den Löffel abgeben und mich in die ewigen Stinktierjagdgründe verabschieden.«

So geht das den ganzen Weg und ich bin heilfroh, als wir endlich an der Schule ankommen. Auch, weil Dieters Training bisher nicht so wahnsinnig viel gebracht hat und er immer noch ziemlich schwer ist.

Meine Freunde und ihre Begleiter stehen schon am Schultor und warten da auf mich. Irgendwas stimmt nicht, das sehe ich von Weitem, doch erst als ich sie erreicht habe, erkenne ich, was mich so irritiert. Annas Faultier hängt nicht wie sonst reglos an ihrem Oberarm, sondern turnt ruhelos auf ihren Schultern und ihrem Kopf herum. Paula kommt überhaupt nicht zur Ruhe und das ist für ein Faultier ja eher ungewöhnlich. Sie ist auch nicht still, sondern erzählt pausenlos irgendwelche Witze: »Was ist rot und steht am Kopierer? Ein Paprikant! Was ist orange und geht über die Berge? Eine Wanderine. Was ist braun und sitzt im Gefängnis? Eine Knastkanie.«

Annas Faultier plappert ohne Pause und an den gequälten Gesichtern der anderen erkenne ich, dass sie das wohl schon eine ganze Weile macht.

»Kann die mal jemand abstellen? Ich habe Kopfschmerzen«, stöhnt Dieter.

»Was ist denn mit deinem Stinktier los?«, will Kati wissen.

»Überdosis Glühwein«, antworte ich. »Aber was ist denn plötzlich mit Paula passiert? Warum quasselt sie die ganze Zeit und klettert auf Anna rum, als wäre sie ein Klettergerüst.«

Anna sagt nichts, aber gibt Leon ein Zeichen, dass er die Geschichte erzählen soll.

»Als du gestern mit deinen Eltern auf dem Weihnachtsmarkt warst, haben wir uns bei mir verabredet«, fängt Leon an, und ich spüre, wie ich ein bisschen eifersüchtig werde, weil sie sich ohne mich getroffen haben. Aber das ist natürlich Quatsch, warum sollen sich Leon, Kati und Anna nicht auch ohne mich verabreden. Ein komisches Gefühl ist es trotzdem.

»Und vor der Haustür lag wieder so eine Tüte mit Plätzchen, genau wie an der Eisbahn«, erzählt Leon weiter. »Da standen auch wieder Grüße von C drauf, und nach dem, was mit Dieter passiert ist, haben wir aufgepasst, dass Thao und Jasper keinen der Kekse essen. Leider hat keiner auf Paula geachtet, wir dachten, die pennt sowieso, so wie immer. Und weil sie ihren Arm so langsam bewegt, ist auch keinem von uns aufgefallen, dass sie sich eines der Plätzchen geschnappt und gegessen hat.«

»Und seitdem quasselt sie pausenlos und benimmt sich, als hätte sie fünf Flaschen Cola getrunken«, sagt Kati.

Anna nickt nur, während Paula auf ihrer Schulter auf und ab hüpft und dabei weiter Witze erzählt. »Was ist braun und kann tauchen? Ein U-Brot. Was ist grün und fliegt über eine Wiese? Die Birne Maya. Was ist weiß und schnarcht? Ein Schlaf.«

»Hat die keinen Knopf zum Abschalten?«, brummt Dieter.

»Zum Glück haben Thao und Jasper nichts von den Keksen gefuttert«, sage ich. »Wer weiß, was mit denen passiert wäre.«

»Oh, das will ich mir lieber gar nicht vorstellen«, quiekt Katis Hängebauchschwein besorgt.

»Vielleicht hätten die Thao ein bisschen mutiger gemacht«, sagt Leon. »Scheinbar verändern die unsere Tiere ja genau ins Gegenteil. Dieter duftet plötzlich, statt zu stinken, und Paula ist auf einmal hyperaktiv.«

»Dann wäre Jasper nach den Plätzchen schön oder klug oder beides zusammen geworden«, bemerkt Dieter kichernd und das beweist, dass es ihm tatsächlich schon wieder besser geht.

»Ich komme gleich rüber und zeig dir, wer hier schön und klug ist.« Jasper reißt seine Pfoten hoch, als wollte er sich mit Dieter prügeln. Aber weil Leon ihn an seinem Schwanz festhält, kann er nicht weg, auch wenn Dieter die ganze Zeit »Komm doch! Komm doch!« ruft.

»Wir haben Wichtigeres zu tun, als uns zu streiten«, erklärt Leon. »Ich glaube nämlich, ich weiß, von wem die Kekse sind.«

»Echt?«, rufen Anna, Kati, Dieter, Jasper, Thao und ich gleichzeitig, während Paula nur fragt: »Was ist rosa und schwimmt im Wasser? Eine Meerjungsau.«

Aber keiner hört auf sie, weil alle nur wissen wollen, wen Leon im Verdacht hat.

»Das C steht für ›Chefin‹, sie ist es, die unsere Tiere vergiften will«, erklärt Leon. »Da bin ich mir ganz sicher.«

Das mit der Chefin muss ich wohl auch erklären. Die Chefin – so nennt sie sich – hatte früher auch mal einen Begleiter, eine Hyäne. Aber weil die Chefin immer so fies und ziemlich gemein war, hat die Hyäne sie verlassen. Das hat die Chefin nicht verkraftet. Sie wurde noch fieser und verbitterter und wollte, dass wenn sie schon kein magisches Tier mehr besaß, auch kein anderer eines haben sollte. Vor lauter Neid hat sie angefangen, ganz viele Begleittiere zu entführen, darunter auch das Zebra meiner Schwester und Jessicas Einhorn. Die Tiere hatte sie im Keller der Geisterbahn auf dem Gelände des alten Vergnügungsparks am Rande unserer Stadt versteckt. Der ist schon lange geschlossen und da verirrt sich nie jemand hin. Auch weil es dort ein bisschen gruselig ist. Wir haben uns trotzdem reingetraut und die Tiere befreit. Damals hat uns die Chefin Rache geschworen und da könnte es schon sein, dass Leon mit seiner Vermutung recht hat.

»Wenn sie das mit den Plätzchen wirklich war, dann kennt sie ja vielleicht auch ein Gegenmittel. Wir müssen sie unbedingt finden«, sage ich.

»Und wie?«, fragt Anna.

»Vielleicht lebt sie immer noch auf dem alten Vergnügungspark«, schlage ich vor.

»Das glaube ich nicht, das Versteck kennen wir ja nun schon«, antwortet Leon.

»Und wie finden wir sie dann?«, will Kati wissen.

Leon hebt nur fragend die Schultern und Anna weiß es auch nicht.

Im selben Moment zuckt Dieter auf meinem Arm zusammen, weil der Schulgong läutet. Wir gehen zur unserer Klasse, und als wir schon fast da sind, erzählen mir die anderen nebenbei, dass sie gestern Nachmittag zusammen etwas Wichtiges beschlossen haben.

»Was denn?«, frage ich neugierig.

»Ich nehme Annas Angebot an«, antwortet Kati. »Wir werden im Rathaus nach der Akte meiner richtigen Eltern suchen. Du machst doch mit, oder?«

»Klar«, antworte ich, aber wohl ist mir dabei nicht.

11. Bis(s) aufs Leder

Auch an diesem Tag kriege ich nicht viel davon mit, was in der Schule läuft. Aber weil es sowieso der letzte Tag vor den Weihnachtsferien ist und die Klassenarbeiten schon alle hinter uns liegen, ist das nicht so schlimm. Und wie soll ich mich auch auf unseren Lehrer Herrn Schwarm konzentrieren, wenn unsere Tiere im Klassenzimmer so einen Höllenlärm machen. Dieter jammert auf meinem Schoß, weil er angeblich immer noch schreckliche Kopfschmerzen hat, neben mir malt sich Thao besorgt aus, was bei unserem Besuch im Rathaus alles Schreckliches passieren kann, und hinter mir erzählt Paula pausenlose ihre »Was ist …«-Witze, während sich Jasper lauthals mit Jessicas Einhorn und Lilis Fuchs streitet.

Unser Deutschlehrer und sein weißer Wolf tun so, als wenn sie davon überhaupt nichts mitbekommen würden, obwohl die beiden ja alles gut hören können. Für die letzte Stunde vor den Ferien hat Herr Schwarm ein Weihnachts-

buch mitgebracht, aus dem er uns vorliest. Das ist gut, da muss man nicht so aufpassen und ich habe Zeit, alles aufzuschreiben, was mich gerade beschäftigt. Und das ist eine ganze Menge.

Meine Oma sagt immer, wenn man seine Sorgen auf einem Zettel notiert, sind sie nur noch halb so schlimm. Meistens sind die Ratschläge meiner Oma ganz gut und deswegen probiere ich es einfach mal aus. Ich nehme mir ein Blatt Papier und schreibe mit einem roten Filzer alle meine Sorgen drauf.

1) Einbruch ins Rathaus
2) Rückkehr der Chefin

Ich überlege, ob mir noch etwas einfällt, weil aller guten Dinge ja immer drei sind. Das ist auch so ein Spruch meiner Oma und der gilt bestimmt auch für schlimme Dinge und nicht nur für die guten. Für einen Moment überlege ich, ob ich dazuschreiben soll, dass Dieter nicht mehr stinken kann. Aber das ist ja eigentlich ganz gut, zumindest für mich und für die meisten anderen auch.

Dann fällt mir doch ein dritter Punkt ein.

3) Geschenke

Die habe ich vor lauter Aufregung um Dieter und Kati ganz vergessen. Ich brauche bis morgen ja auch noch Geschenke zu Weihnachten und zwar für meine Schwester, Mama, Papa, Oma und natürlich auch mein Stinktier.

Es stimmt aber gar nicht, was meine Oma gesagt hat. Jetzt, wo die drei Punkte rot auf weiß vor mir auf dem Zettel stehen, geht es mir überhaupt nicht besser. Im Gegenteil.

Vor Punkt eins habe ich am meisten Angst. Auch wenn ich weiß, dass das mit dem Einbruch sein muss, damit Kati endlich erfährt, wer ihre wahren Eltern sind.

Direkt danach kommt Punkt zwei, weil wir ja gar nicht wissen, was für Gemeinheiten die Chefin sonst noch so plant und wo sie sich versteckt hält.

Punkt drei ist da noch der harmloseste und deswegen beschäftige ich mich damit als Erstes. Ich schreibe die Namen auf den Zettel und dahinter, was ich ihnen schenken möchte. Das lenkt mich ein bisschen von den Punkten eins und zwei auf der Liste ab.

Nora = Tuch

Auf dem Weihnachtsmarkt stand sie ganz lange an der Bude mit den bunten Schals. Davon werde ich ihr einen besorgen, denn die waren gar nicht so teuer.

Papa = Gutschein

Das ist überhaupt das beste Geschenk, weil es so billig ist. Von all den Gutscheinen, die er bisher von mir gekriegt hat, hat er noch nie einen einzigen eingelöst, weil er es immer vergisst.

Oma = Bild von Gertrud, ihrer Giraffe

Das bekommt sie jedes Jahr von mir und jedes Jahr freut

sie sich darüber, auch wenn Mama sich immer wundert, warum ich für Oma ausgerechnet Giraffen male.

Da fällt mir plötzlich auch ein, was Mama von mir kriegt.

Fehlt nur noch Dieter. Wenn er bis Weihnachten immer noch Duftwolken pupst, schenke ich ihm zum Trost ein paar echte Stinkbomben. Aber das schreibe ich nicht auf, weil er es sonst bestimmt liest. Auch Mamas Geschenk behalte ich lieber für mich, damit Dieter das nicht versehentlich herausposaunt.

Ich muss kichern, weil das Wort »herausposaunen« so gut zu Mamas Geschenk passt.

»Alles okay mit dir?«, fragt Herr Schwarm. Aber gar nicht böse, sondern eher amüsiert, weil ich in seinem Unterricht so albern kichern muss.

Dann ist auch schon Pause.

Den Rest unseres letzten Schultages vor den Ferien lösen wir Matheaufgaben bei Frau Gemetzel und planen unseren Einbruch ins Rathaus heute Abend. Das hat erst mal Vorrang und war ja auch Nummer eins auf meinem Zettel. Annas Mutter fängt um neunzehn Uhr an, dort zu putzen. Dann will sie uns reinlassen, damit wir uns in Ruhe in den Räumen des Jugendamts umschauen können. Anna hat ihr alles erzählt und da hat ihre Mutter beschlossen, uns zu helfen.

Um die Chefin wollen wir uns später kümmern, und weil ich den Nachmittag freihabe, ist auch noch genügend Zeit, schon mal das Tuch für meine Schwester zu besorgen.

Um zum Weihnachtsmarkt zu kommen, muss ich auf dem Weg nach Hause nur einen kleinen Schlenker machen. Dieter fühlt sich immer noch zu schwach, um zu laufen. Ich muss ihn also wieder tragen und das ist auf Dauer echt lästig. Vor allem, weil er so niemals abnehmen wird.

Tagsüber, wenn es draußen noch hell ist, sieht der Markt auch gar nicht so feierlich aus wie abends, wenn überall die Lichter brennen. Die Bühne ist auch leer, dafür läuft aus den Lautsprechern Weihnachtsmusik. Aber das klingt lange nicht so hübsch wie der Chor gestern Abend. Was sich nicht geändert hat, ist das Gedränge zwischen den Ständen und der Gestank nach altem Frittenfett, der über dem ganzen Platz liegt.

»Will er den Job also doch haben?«, brüllt der Mann mit dem fleckigen Kittel uns zu und sein Kojote ergänzt: »Das Angebot steht noch!«

»Müssen die so laut schreien? Und wovon reden die überhaupt?«, fragt mich Dieter mit leidender Stimme.

»Erinnerst du dich nicht mehr an gestern Abend?«, frage ich zurück.

»Keine Spur«, antwortet Dieter.

»Die beiden wollten dich einstellen, damit du mit deinen Duftwolken ihren Gestank übertönst«, erkläre ich ihm.

»So eine Unverschämtheit!« Dieter dreht sich auf meinem Arm so, dass sein Hintern genau auf die Pommesbude zeigt. »Denen werde ich es zeigen!«

Als der alte Mann und sein Kojote das sehen, schneiden sie frech Grimassen, um Dieter noch wütender zu machen.

»Lass dich nicht provozieren«, sage ich. »Die wollen doch nur, dass du hier rumduftest. Damit sie ihre ekligen Pommes verkaufen können.«

Ich spüre, wie schwer es Dieter fällt, sich zu beherrschen. Es dauert ewig, bis er sich wieder ein wenig entspannt hat. Das liegt auch daran, dass die beiden ihm aus der Frittenbude immer neue Beleidigungen zurufen, wie etwa »Duft-Bärchen« oder »Deospray auf vier Beinen«.

Um Dieter abzulenken, gehe ich mit ihm zu dem Stand, an dem man die Schals kaufen kann. Da wollte ich ja sowieso hin und die fünf Euro, die ich immer für Notfälle in der Tasche habe, reichen genau für ein besonders schönes Tuch. Der Stoff ist mit einer afrikanischen Landschaft bedruckt, auf der eine Herde Zebras grast. Das wird Nora bestimmt gefallen, da bin ich mir ganz sicher.

»Da! Schau doch mal! Da vorne!«, ruft Dieter, als ich das Tuch gerade bezahlen will.

»Achte einfach gar nicht auf die Typen von der Pommes-

bude«, sage ich, während ich dem Verkäufer meinen Fünf-Euro-Schein gebe. »Tu so, als wenn die gar nicht das wären.«

»Die meine ich doch gar nicht!«, sagt Dieter. »Guck doch endlich mal.«

»Was soll ich mir denn angucken? Ist der falsche Weihnachtsmann wieder da?«, frage ich.

»Nein, da ist sie!«, quiekt Dieter aufgeregt.

»Welche sie?«, will ich wissen.

»Na, die Chefin!«

Erschrocken drehe ich mich um und da sehe ich sie auch. Es gibt gar keinen Zweifel. Die Frau, die an dem Plätzchenstand eine Tüte Kekse kauft, ist dieselbe, die damals Noras Zebra und die anderen Begleiter entführt hat. Dieter ist sich auch sicher und knurrt: »Der beiß ich in den Po!«

Seine Kopfschmerzen sind wie weggeblasen. Ich kann ihn kaum festhalten, weil er sich freistrampeln will, um sich auf die Chefin zu stürzen. Irgendwann kann ich ihn nicht mehr halten. Dieter springt von meinem Arm auf den Boden und rennt auf die Frau zu. Dabei ist er schneller, als er es jemals bei seinem Fitness-Training war.

Ich laufe ihm hinterher, doch bevor ich ihn erreichen kann, hat er schon zum Sprung angesetzt. Nur weil sich die Frau genau in dem Augenblick umdreht, erwischt er mit seinen spitzen Zähnen nicht ihren Hintern, sondern nur ihre Handtasche.

»Hey, was soll das? Lass meine Tasche los! Die war teuer, die ist aus echtem Klapperschlangenleder!«, schreit die Chefin, dann erst erkennt sie zuerst mein Stinktier und danach mich.

»Was haben Sie mit Dieter gemacht? Und mit Paula?«, rufe ich ihr zu. »Was machen Sie mit den Keksen, die Sie hier kaufen?«

Aber sie hat scheinbar keine Lust, meine Fragen zu beantworten. Auch weil immer mehr Leute neugierig zugucken. Vielleicht aber auch nur, weil sich Dieters Zähne immer noch in ihre teure Klapperschlangenleder-Handtasche bohren.

»Schlagt euch! Schlagt euch! Schlagt euch!«, brüllen der Alte von der Pommesbude und sein Kojote zu uns rüber.

Doch dazu scheint die Chefin auch keine Lust zu haben. Sie wirft mir einen wütenden letzten Blick zu, dann lässt sie ihre Tasche los und rennt einfach davon.

»Halten Sie die Frau auf! Sie hat mein Stinktier vergiftet! Halten Sie sie fest!«, brülle ich, aber das tut niemand.

Wahrscheinlich, weil die Leute ohne Begleiter das mit dem vergifteten Stinktier ein bisschen seltsam finden. Und außer dem Frittenverkäufer sehe ich sonst auch gerade niemanden mit einem Tier an seiner Seite. Doch auch die beiden machen keine Anstalten, mir zu helfen. Weil es nichts mehr zu sehen gibt, kümmern die sich einfach wieder um ihre fettigen Pommes und die verbrannten Würste, die sowieso niemand haben möchte.

»Wir müssen hinterher!«, rufe ich Dieter zu. »Schnell, sonst ist sie weg!«

»Mmpfmmpffttph«, antwortet mein Stinktier und erst jetzt merke ich, dass er immer noch die Handtasche in seinem Maul hat.

»Was ist denn los?«

»Mmpfmmpffttphmpfmmpffttphmpfmmpffttph«, wiederholt Dieter und zeigt verzweifelt mit den Vordertatzen auf seine Schnauze.

»Oh, nein!« Ich kann es einfach nicht fassen, dass Dieter sich mit seinen Zähnen in dem Klapperschlangenleder festgebissen hat.

Ich ziehe, ich zerre, ich reiße, aber es dauert ewig, bis ich ihn befreie, und als ich es endlich geschafft habe, ist die Besitzerin der Tasche längst verschwunden.

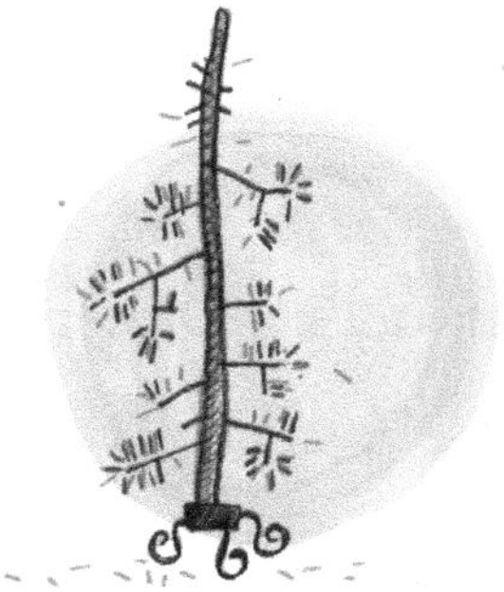

12. Auf die Plätze, Baum und los

»Sind noch alle da?« Dieter streckt mir sein geöffnetes Maul entgegen.

»Wer soll noch da sein?«, frage ich.

»Na, meine Zähne natürlich! Oder ist da einer im Leder stecken geblieben?«, will Dieter wissen. »Schau doch mal nach.«

»Soweit ich das sehe, sind alle da. Die Einzige die weg ist, ist die Chefin«, antworte ich.

»Egal, Hauptsache, mein Gebiss ist noch vollständig«, sagt Dieter erleichtert und spuckt auf die Straße. »Ich brauch jetzt unbedingt eine Pommes mit Ketchup und Mayo, um den Geschmack von der Klapperschlange wieder loszuwerden.«

»Vergiss es«, sage ich und öffne die Handtasche.

Vielleicht finde ich darin einen Hinweis, wo sie wohnt. Aber alles, was ich in den Tiefen der Tasche entdecke, ist ein Schlüsselbund, ein paar Euromünzen, einen schwar-

zen Lippenstift, ein besticktes Taschentuch, ein Feuerzeug und eine Packung Kaugummis.

»Weißt du, was wir jetzt machen?«, frage ich mein Stinktier, als ich mit der Taschendurchsuchung fertig bin.

»Klar, wir kaufen eine Portion Pommes?«, erwidert Dieter und atmet hörbar den alten Frittenölgestank ein.

»Nein, wir holen uns ein paar Plätzchen«, erwidere ich.

»Auch gut«, sagt Dieter. »Hauptsache, was zu essen, ich kriege langsam Hunger.«

»Doch nicht für dich. Die sollen Jasper oder Thao probieren. Dann sehen wir, ob sich bei denen auch etwas verändert, wenn sie die essen. Und wenn nicht, wissen wir, dass es die Chefin war, die die Plätzchen irgendwie behandelt hat.«

Dieter macht einen Schmollmund, aber das stört mich nicht. Ich gehe zu der Plätzchenbude und schaue mir das Angebot in der Auslage an. Wie ich vermutet habe, sehen sie genauso aus wie die Plätzchen, die wir neben der Eisbahn gefunden haben.

»Kennen Sie die Frau, die eben hier war?«, frage ich die Verkäuferin.

»Nein, aber die hat hier schon öfters Plätzchen gekauft«, antwortet die Frau.

»Wissen Sie vielleicht, wo sie wohnt?«, hake ich nach.

»Keine Ahnung, aber eine Tüte kostet drei Euro.«

Ich bezahle mit den Münzen aus der Handtasche und verlasse den Weihnachtsmarkt. Dieter setze ich einfach in die Tasche. So habe ich die andere Hand für die Tüten mit den Keksen und Noras Schal frei.

»Das ist erniedrigend«, brummt Dieter, aber auch das kümmert mich nicht. Genauso wenig wie der Frittenverkäufer und sein Kojote, die uns hinterherbrüllen: »Guckt euch mal die Kleine da an, die trägt ihren Parfümsprüher in der Handtasche spazieren!«

Ihr lautes Lachen kann ich sogar noch hören, als wir schon zwei Straßen weiter sind und Dieter längst wieder aus der Tasche gesprungen ist, weil es ihm darin zu eng war. Und zu peinlich.

Als ich endlich zu Hause ankomme, ist Mama noch bei der Arbeit und Nora mit Mathilde beim Karate-Training.

»Wenigstens einer, der sich hier mal blicken lässt«, begrüßt mich Papa, der mit Lasse am Küchentisch sitzt. »Wir wollten doch heute den Weihnachtsbaum besorgen. Ich bin extra früher von der Arbeit gekommen.«

»Hallo, Sufftier, wieder nüchtern?«, ruft Lasse meinem Stinktier zu und lacht.

Doch Dieter hält es für unter seiner Würde, darauf zu

antworten, er rümpft einfach nur die Nase über Lasses dumme Bemerkung.

Papa sieht ein bisschen beleidigt aus, wie er da auf seinem Stuhl hockt. Wahrscheinlich, weil er sich für den Baumkauf extra freigenommen hat und dann keiner da war. Deswegen laufe ich schnell zu ihm hin und gebe ihm zur Begrüßung einen Kuss, so wie früher, als ich noch klein war.

»Dann lass uns beide fahren«, schlägt Papa beschwichtigt vor. »Nur wir zwei, du und ich.«

»Und ich«, brummt Lasse, und da muss Dieter natürlich auch seinen Senf dazugeben. »Und ich natürlich auch, ich bin überhaupt der beste Baumaussucher.«

»Um hinzupinkeln«, sagt Lasse und kichert wieder.

»Ich bin doch kein Hund, du Bettvorleger«, erwidert Dieter.

»Aber so etwas Ähnliches, du Schwarz-Weiß-Gebäck«, entgegnet Lasse.

»Meine Herren«, mischt sich Papa ein. »Vertragen Sie sich bitte, es ist doch schon fast Weihnachten.«

»Wie lange dauert das denn?«, frage ich mit einem Blick auf die Küchenuhr. Es ist schon fast vier Uhr und um sieben bin ich ja mit den anderen am Rathaus verabredet.

»Warum? Hast du noch was vor?«, will Papa wissen.

»Ich ... ich ... übernachte heute bei Kati«, flunkere ich. »Und da muss ich um sieben Uhr bei ihr sein.«

»Das schaffen wir locker«, behauptet Papa, aber das glaube ich ihm nicht. Letztes Jahr haben wir stundenlang nach dem perfekten Tannenbaum gesucht. Immer wenn wir uns für einen entschieden hatten, haben Mama oder Papa einen entdeckt, der noch viel besser in unser Wohnzimmer passen würde. Zum Glück schlagen wir unsere Bäume nicht selber, sonst hätten wir da letzten Winter glatt den halben Wald abgeholzt, auf der Suche nach dem perfekten Baum.

»Schicke Tasche hast du da, wo ist die her?« Papa zeigt auf die Handtasche, die ich immer noch über der Schulter trage.

»Ach, die habe ich gefunden«, sage ich und habe direkt ein schlechtes Gewissen, weil es jetzt schon das zweite Mal ist, dass ich ihn anflunkere. »Aber die ist praktisch. Da kann ich Dieter drin tragen, wenn er zu müde zum Laufen ist.«

»Das möchte ich sehen! Das Stinktier in einer Damenhandtasche!« Lasse haut sich vor Vergnügen auf seine weißbehaarten Oberschenkel und ich bin Dieter echt dankbar, dass er mich nicht verrät, sondern einfach mal den Mund hält.

Fünf Minuten später sitzen wir auch schon im Auto und fahren zu dem Weihnachtsbaumverkäufer. Wir fahren immer zu demselben. Er hat einen Stand am Rand der

Stadt auf dem Parkplatz eines Supermarktes. Papa sagt, der Mann hätte die besten Bäume weit und breit, obwohl die für mich genauso aussehen wie alle anderen. Aber mir ist egal, wo wir den Baum kaufen. Hauptsache, wir kommen pünktlich zurück, und eigentlich ist es ja auch ganz schön, mal was mit Papa alleine zu unternehmen. Sonst sind ja immer Mama oder Nora oder beide dabei.

»Wann erzählst du Mama endlich von Lasse«, frage ich Papa, aber der tut einfach so, als hätte er die Frage nicht gehört und schaltet das Autoradio ein.

»Ich weiß genau, dass du mich verstanden hast«, lasse ich nicht locker.

»Das würde mich auch mal interessieren«, mischt sich nun auch Lasse ein. Er hockt neben Papa auf dem Beifahrersitz, während ich mit Dieter hinten auf der Rückbank sitze.

»Das ist nicht so einfach, das habe ich doch schon mal gesagt«, versucht sich Papa herauszureden. »Irgendwie habe ich wohl den richtigen Zeitpunkt verpasst und jetzt, nach all den Jahren, ist es vielleicht sogar schon zu spät dafür.«

»Es ist nie zu spät«, antworte ich und Dieter brummt: »Er traut sich nicht, das ist doch klar wie Fensterglas.«

»Klar traue ich mich«, widerspricht Papa. »Ich muss nur den richtigen Moment erwischen.«

»Ihr kennt euch seit über zwanzig Jahren«, mischt sich Lasse wieder ein. »Da gab es eine ganze Menge goldrichtiger Momente.«

»Guckt doch mal, da vorne ist schon der Parkplatz! Und der Stand mit den Weihnachtsbäumen ist auch wieder da!«, ruft Papa und dreht das Radio lauter, weil der Sender schon wieder »Last Christmas« spielt. Wenigstens singt er diesmal nicht mit und Dieter und Lasse auch nicht.

Papa parkt den Wagen und wir gehen zu den Tannen rüber. Obwohl morgen schon Heiligabend ist, stehen da immer noch Hunderte von Bäumen rum. Aber die werde ich mir bestimmt nicht alle ansehen. Ich werde einfach auf die erstbeste Tanne zeigen, damit wir hier schnell wieder wegkommen und ich pünktlich am Rathaus bin.

»Die hier ist doch wunderschön. Warum nehmen wir nicht gleich die?«, frage ich Papa und zeige auf einen Baum, der wirklich ganz schön aussieht, nur vielleicht ein bisschen zu klein für unser Wohnzimmer ist.

»Das ist doch kein Weihnachtsbaum, das ist ein Gänseblümchen«, sagt Lasse und Papa ergänzt: »Ein bisschen größer könnte er schon sein. Was ist denn mit dem? Oder dem da hinten? Oh, schau doch mal. Der hier vorne ist eigentlich auch ganz hübsch.«

Es läuft genauso ab, wie ich erwartet hatte. Papa kann

sich einfach nicht entscheiden und hüpft zwischen den Weihnachtsbäumen hin und her wie die Kugel in einem Flipperautomaten.

Der Verkäufer der Bäume hat sich noch nicht einmal blicken lassen, der hockt in seinem Wagen. Der erinnert sich bestimmt noch vom letzten Jahr an Papa und weiß daher genau, dass das noch ewig dauert.

Dieter und Lasse streiten sich währenddessen, wer von ihnen der beste Baumexperte ist.

»Am Nordpol gibt es doch gar keine Bäume«, sagt Dieter. »Woher soll ein Eisbär wissen, wie der perfekte Baum aussieht.«

»Aber da, wo du herkommst, stehen natürlich riesige Tannenwälder, oder was?«, erwidert Lasse. »Weiß doch jeder, dass Stinktiere vor allem in der Wüste leben.«

So geht das zwischen den beiden hin und her, während Papa mittlerweile bei Baum Nummer hundertfünfundneunzig ist und ich nervös auf die Uhr schaue, weil es immer später und später wird.

»Das ist er!«, erklärt Papa endlich und zeigt auf einen riesigen Baum, der einen furchtbar dicken Stamm hat, ansonsten aber ziemlich kahl aussieht, weil er schon angefangen hat zu nadeln.

»Der ist doch viel, viel zu hoch für unser Wohnzimmer«, sage ich.

»Und der Stamm ist viel, viel zu groß für den Weihnachtsbaumständer«, sagt Lasse.

»Außerdem hat der so gut wie keine Nadeln mehr«, sagt Dieter.

»Ach was, das passt schon«, sagt Papa.

»Finde ich auch«, sage ich schnell, weil ich es so vielleicht doch noch pünktlich schaffen kann.

Der Baumverkäufer steigt jetzt auch endlich aus seinem Wagen, um unsere Tanne in ein Netz einzupacken.

»Und jetzt essen wir noch einen Hotdog«, verkündet

Papa und zeigt auf einen Hotdog-Stand, der direkt neben dem Eingang zum Supermarkt steht.

Das machen wir jedes Jahr, wenn wir endlich einen passenden Baum gefunden haben, aber heute habe ich wirklich keine Zeit dafür.

»Lieber nicht, Kati wartet bestimmt schon auf mich«, sage ich und dränge Papa mit dem Baum in Richtung Wagen.

»Wie bitte? Keinen Hotdog?«, brüllt Dieter und Lasse sieht auch nicht begeistert aus.

»Na komm schon, dauert doch nur eine Sekunde«, versucht mich Papa zu überreden.

»Ich trete in einen Sitzstreik, wenn ich keinen Hotdog kriege!« Dieter hockt sich auf den Parkplatz und verschränkt demonstrativ die Arme vor der Brust. Lasse hockt sich daneben und das ist einer der wenigen Momente, in denen die beiden einer Meinung sind.

»Okay, du verstaust den Baum im Auto und ich hole mit den beiden Hotdogs«, sage ich schnell, weil ich ohne Dieter und Lasse hier sowieso nicht wegkomme.

»Sehr gut«, freut sich Papa und gibt mir Geld, damit ich die Hotdogs bezahlen kann.

Es dauert dann aber doch mehr als nur eine Sekunde, weil Lasse sich nicht entscheiden kann, ob er seinen Hotdog mit oder ohne geröstete Zwiebeln, mit oder ohne Ketchup, mit oder ohne Senf und mit oder ohne Mayonnaise haben will. Bei Dieter geht es zum Glück schneller, der lässt mich seinen Hotdog einfach »mit allem und von allem viel« bestellen. Um Zeit zu sparen, mache ich es bei meinem und Papas genauso. Die Frau im Imbiss kassiert und schiebt mir die vier Hotdogs rüber. Ich bin mir ziemlich sicher, dass sie mich für total verrückt hält, weil das mit der Bestellung so lange gedauert hat. Und für völlig verfressen hält sie mich bestimmt auch, die kann ja Dieter und Lasse nicht sehen. Die denkt bestimmt, die vier Hotdogs sind alle für mich.

13. Die Plätzchenprobe

Als wir zurück zum Auto kommen, hat Papa unseren Weihnachtsbaum schon auf dem Wagendach befestigt. Aber die Tanne ist so groß, dass die Spitze vorne überragt und vor der Windschutzscheibe hängt. Papa kann kaum was sehen und ich finde das ziemlich gefährlich.

Und wenn ich es nicht so schrecklich eilig hätte, würde ich mit Dieter lieber zu Fuß gehen, statt in unser Auto einzusteigen. Vor allem, da Papa beschlossen hat, seinen Hotdog beim Fahren zu essen.

Das machen Dieter, Lasse und ich zwar auch, aber wir müssen dabei ja nicht gleichzeitig auch noch lenken, bremsen oder blinken. Außerdem schaltet Papa immer wieder den Scheibenwischer an, damit die Wischer die Spitze unseres Tannenbaums zur Seite schieben.

»Keine Sorge, alles unter Kontrolle«, beruhigt mich Papa, als er im Rückspiegel mein besorgtes Gesicht sieht.

Dabei hat er gar nichts unter Kontrolle, vor allem nicht

den Senf, die Zwiebeln und die Mayonnaise, die ihm aus dem Hotdog auf sein Hemd tropfen. Bei Lasse sieht es noch schlimmer aus. Mit den vielen Ketchup-Flecken auf seinem Fell sieht er aus, als wäre er in eine Schießerei geraten und dabei von zwanzig Kugeln durchlöchert worden. Der Einzige, der nicht kleckert, ist Dieter. Aber nicht, weil er so gute Manieren hat, sondern weil er sich den ganzen Hotdog auf einmal in seinen Mund gestopft hat.

»Isst du den noch?«, fragt Dieter, als er merkt, dass ich gar keinen richtigen Hunger habe.

Mir wird nämlich ein bisschen mulmig, wenn ich daran denke, dass wir gleich in das Rathaus einsteigen. Ich fühle mich schon fast wie Thao, die sich ja auch immer über alles mögliche Sorgen macht. Außerdem ist Papas Fahrweise auch nicht besonders appetitfördernd, weil er ständig scharf abbremsen muss, wenn ihm der Baum mal wieder die Sicht genommen hat und er deswegen eine rote Ampel erst in letzter Sekunde bemerkt.

»Nein, kannst du haben.« Ich reiche Dieter meinen Hotdog und dabei ist es mir gleichgültig, ob er damit die paar Gramm wieder zunimmt, die er in den letzten Tagen durch sein Fitnessprogramm abgenommen hat.

Ich habe gerade andere Sorgen. Es ist bereits kurz vor sieben und die anderen werden bestimmt schon auf mich warten.

»Du kannst mich am Rathaus rauslassen«, rufe ich Papa zu. »Den Rest gehe ich zu Fuß.«

»Aber du musst doch noch deine Übernachtungssachen zu Hause abholen«, sagt Papa, was aber nicht so leicht zu verstehen ist, weil er den Mund vollhat.

»Habe ich alles dabei.« Ich klopfe auf die Handtasche der Chefin, obwohl da überhaupt keine Zahnbürste und auch kein Schlafanzug drin sind. Aber das ist ja oft so, dass die erste Flunkerei ganz automatisch ganz viele andere Flunkereien zur Folge hat.

»Kommt gar nicht infrage, draußen ist es schon dunkel. Da lass ich dich doch nicht allein durch die Gegend laufen«, erwidert Papa. »Ich bring dich bei Kati vorbei, müssen sich Mama und Nora eben noch ein bisschen gedulden, bevor sie unseren tollen Baum zu sehen kriegen.«

»Das ist echt nicht nötig, du kannst mich einfach da vorne an der Ecke rausschmeißen«, sage ich.

»Macht doch keine Umstände, und sicherer ist es auch«, brummt Lasse. »Du hast ja keinen Eisbären bei dir, der dich beschützen kann, sondern nur ein Stinktier.«

Dieter sagt nichts, der schmatzt immer noch auf meinem Hotdog herum.

Als wir am Rathaus vorbeifahren und ich aus dem Fenster schaue, kann ich meine Freunde dort schon stehen sehen. Bis auf Leon und Jasper sind alle da. Ich winke durch die Scheibe, aber weil es im Inneren unseres Wagens so dunkel ist, sehen sie mich nicht. Dann sind wir auch schon am Rathaus vorbei und auf dem Weg zu Kati.

»Danke fürs Bringen und grüß Mama von mir!« Ich steige mit Dieter auf dem Arm aus dem Wagen.

»Ich warte noch, bis du drinnen bist«, ruft Papa mir zu und das ist jetzt blöd, weil ich ja weiß, dass Kati gar nicht zu Hause ist und ihre Mutter bestimmt überrascht sein wird, wenn ich da plötzlich vor der Tür stehe.

»Fahr ruhig schon, Mama und Nora sind sicher total neugierig auf den Baum. Und Lasse muss sich auch dringend mal waschen«, erwidere ich.

Papa schaut seinen Eisbären an und bemerkt erst jetzt, dass Lasse aussieht, als hätten Tierschützer ihn mit roter Farbe besprüht, damit ihn keine Pelzjäger abknallen.

»Oh, ich glaube, du hast recht«, sagt Papa, während Lasses Wangen genauso rot werden wie die Flecken auf seinem Bauch. »Wir sehen uns dann morgen, und grüß Kati von mir.«

»Mach ich«, sage ich und knalle die Tür zu.

Dann gehe ich auf Katis Haus zu, aber nur so lange, bis Papa mit dem Wagen hinter der nächsten Kurve verschwunden ist. Sofort drehe ich um und renne so schnell ich kann zurück zum Rathaus.

Aber mit einem dicken Stinktier unterm Arm ist »so schnell ich kann« nicht besonders schnell. Immerhin hält Dieter unterwegs den Mund und gibt keine blöden Kommentare ab, weil er in aller Ruhe die zwei Hotdogs verdauen muss.

Als ich endlich am Rathaus ankomme, schlägt die Glocke der Kirchturmuhr zweimal, und das bedeutet, dass es mittlerweile schon halb acht ist.

»Ich hatte schon Angst, du kommst gar nicht mehr«, begrüßt mich Leon und er sieht ziemlich erleichtert aus, dass ich doch da bin.

Anna sagt nichts, sondern zeigt nur vorwurfsvoll auf die große Kirchturmuhr. Kati sagt auch nichts, aber nicht weil sie sauer ist, sondern weil sie so aufgeregt ist, und wenn ich gleich erfahren würde, wer meine echten Eltern sind, ginge es mir bestimmt ganz genauso wie ihr.

»Ihr seid viel zu spät«, motzt Jasper.

»Zu spät, aber satt«, entgegnet Dieter und rülpst zufrieden.

»Ihh! Das ist eklig«, schreit Thao entsetzt auf und Jasper ergänzt: »Du hättest wenigstens was zu futtern mitbringen können. Wir stehen uns hier die Beine in den Bauch und verhungern.«

»Zu spät im Sinn von *Wir kommen jetzt nicht mehr rein*?«, frage ich und merke, dass ich das gar nicht so schlecht finden würde.

»Oh, das wäre aber wirklich schade«, quiekt Thao, dabei hört jeder, dass auch sie genau das Gegenteil meint.

»Keine Sorge, wir können jederzeit rein«, sagt Leon und zeigt auf einen Ziegelstein, der die Tür aufhält. »Den hat Anna da hingelegt, nachdem ihre Mutter mit den anderen Reinigungskräften im Rathaus verschwunden ist.«

»Warum hilft sie uns überhaupt?«, will ich wissen.

»Anna hat gesagt, dass ihre Mutter auch nicht weiß, wer

ihre leiblichen Eltern sind«, antwortet Kati. »Deswegen will sie mir helfen.«

Anna nickt, um Leons und Katis Aussage zu bestätigen, und Paula erzählt weiter ihre Witze. Das hatte ich vorhin gar nicht gemerkt, und das zeigt mal wieder, wie schnell man sich an alles Mögliche gewöhnt. Sogar an die schlechten Witze von Annas Faultier. Die werden nämlich auch nicht besser, wenn man sie wiederholt, und genau das tut Paula, weil auch ihr Vorrat an »Was ist ...«-Fragen begrenzt ist. Wahrscheinlich wird sie ihre Witze bis in alle Ewigkeit aufsagen, wenn wir nicht bald ein Gegenmittel finden. Da fällt mir ein, dass ich den anderen unbedingt noch erzählen muss, dass Dieter und ich auf dem Weihnachtsmarkt die Chefin getroffen haben. Aber bevor ich etwas sagen kann, zeigt Kati auf die Tasche in meiner Hand und fragt: »Was willst du denn mit so einer Oma-Handtasche?«

»Die ist aus Klapperschlangenleder und ...«

»Die ist niemals aus Schlangenleder«, unterbricht mich Leon. »Meine Mutter hat so doofe Taschen aus Schlangen- und Krokodilleder. Das hier ist ganz billiges Kunstleder.«

»Hätte ich mir eigentlich denken können«, sage ich. »Die gehört nämlich der Chefin.«

»Was?« Das rufen alle gleichzeitig, also Leon, Kati, Anna, Jasper, Thao, und sogar Paula unterbricht für einen Moment ihr Witzeerzählen.

Und diese Pause nutze ich, um den anderen von unserem Treffen zu erzählen. Denn wenn wir sowieso jederzeit ins Rathaus können, kommt es auf die paar Minuten auch nicht mehr an.

»... und dann hat sie mich erkannt und wollte fliehen«, beende ich meine Geschichte, die für Thao anscheinend ein ganz klein wenig zu spannend war. Das Hängebauchschwein hält sich die Pfoten vor die Ohren und drängt sich ganz dicht an Kati.

»Aber dann hab ich sie in den Po gebissen«, gibt Dieter an.

»Er hat in die Handtasche gebissen«, korrigiere ich die Heldentaten meines Stinktiers und halte die Tasche hoch.

»Irgendwas drinnen, was uns weiterhilft?«, will Leon wissen.

»Nein, nur Kleinkram und ein Schlüssel, aber solange wir nicht wissen, wo die Tür dazu ist, nützt uns der überhaupt nichts«, erwidere ich.

Anna und Kati beteiligen sich nicht an unserem Gespräch. Anna, weil sie sowieso nie viel sagt, und Kati weil sie in Gedanken bestimmt schon im Rathaus bei der Akte mit ihren Eltern ist.

»Zeig ihnen die Kekse«, ruft Dieter.

»Habt ihr also doch was zu essen mitgebracht«, freut sich Jasper, schrickt aber sofort zurück, als er sieht, was für Plätzchen ich aus der Tasche ziehe. »Das sind doch dieselben, die das Stinktier gefuttert hat, bevor es angefangen hat, Duftwolken zu pupsen.«

»Nicht dieselben, aber die gleichen«, verbessere ich Leons Ratte. »Die Chefin hat die Plätzchen auf dem Weihnachtsmarkt gekauft, aber ich glaube, sie hat nachher noch irgendwas damit gemacht. Um das ganz sicher zu wissen, muss die jetzt einer probieren.« Dabei sehe ich Jasper an, aber der tippt sich nur mit der Kralle gegen den Kopf und das heißt wohl, dass er die Plätzchen nicht probieren wird.

»Schisser«, zischt Dieter, und dafür streckt Jasper ihm die Zunge raus.

»Thao, möchtest du ein paar leckere Kekse haben?« Leon nimmt mir die Tüte aus der Hand und hält sie Katis Hängebauchschwein hin.

»Gerne, wenn die nicht mit Nüssen sind«, sagt Thao, die unser Gespräch nicht mitbekommen hat, weil sie sich die ganze Zeit die Pfoten auf ihre Ohren gepresst hatte.

»Keine Sorge«, erwidert Leon, obwohl er das gar nicht wissen kann.

»Dann probiere ich gerne mal ein klein wenig davon«, sagt Thao und futtert in kürzester Zeit die ganze Tüte leer. »Was guckt ihr denn alle so?«

Tatsächlich starren wir alle Thao an, weil wir wissen wollen, ob sich irgendetwas an ihr verändert, so wie bei Dieter oder Paula.

»Ich habe Ausschlag, deswegen guckt ihr so, stimmt's?«, stottert Thao erschrocken. »Von den Plätzchen. Da waren also doch Nüsse drin. Ich hätte sie nicht essen sollen. Das war ein Fehler, ein großer Fehler, ein riesengroßer Fehler.«

»Keine Veränderung«, fasse ich das Ergebnis zusammen. »Thao ist immer noch genauso besorgt wie vorher. Also ist es die Chefin, die die Kekse noch irgendwie behandelt. Genau wie ich vermutet hatte.«

»Darum kümmern wir uns später«, mischt sich Kati ein, die die ganze Zeit noch gar nichts gesagt hat. »Jetzt müssen wir erst mal die andere Sache hinter uns bringen.«

»Muss das sein?«, fragt Thao ängstlich.

Anna und Leon nicken und dann gehen wir tatsächlich rein, genau in dem Augenblick als die Glocke der Kirchturmuhr achtmal läutet.

14. Tag der offenen Tür

Wir huschen durch die offene Tür in das Gebäude. Ich war mal mit Mama im Rathaus, da brauchte sie einen neuen Ausweis. Damals waren auf den Gängen und Fluren ganz viele Menschen unterwegs. Jetzt ist niemand da, außer uns. Und den Putzleuten natürlich. Sie wischen gerade am Ende der Eingangshalle den Boden. Eine der Frauen hat einen riesigen Kopfhörer auf den Ohren und winkt uns freundlich zu. Anna winkt zurück und irgendwie wirken die beiden ganz vertraut miteinander.

»Deine Mutter?«, frage ich.

Anna nickt und Paula sagt: »Warum haben Ratten so kleine Pfoten? Damit sie beim Putzen besser in die Ecke kommen!«

»Ich zeig dir gleich, wozu ich meine Pfoten habe«, knurrt Japser. »Um dir eins auf die Nase zu geben, du Nervtier. Ist doch wahr!«

Paula lässt sich davon nicht beeindrucken und erzählt

weiter ihre Witze, während wir uns umschauen, wo wir eigentlich hinmüssen.

»Da! Das Jugendamt ist im vierten Stock.« Leon zeigt auf eine große Tafel.

»Vierter Stock! Da nehmen wir aber den Aufzug«, brummt Dieter.

»Und wenn der stecken bleibt?«, fragt Thao besorgt.

»Mir machen die paar Stüfchen nichts aus«, ruft Jasper.

»Klar, du wirst ja auch von mir getragen«, sagt Leon. »Wir fahren natürlich.«

Am Ende müssen wir doch zu Fuß gehen, weil der Aufzug kaputt ist. Den ersten Treppenabsatz laufen Dieter und Jasper noch selber, dann tun sie beide so, als wenn sie gerade vor Überanstrengung einen Herzinfarkt bekommen hätten, und bestehen darauf, dass wir sie auf den Arm nehmen. Nur Paula und Thao lassen sich nicht tragen. Das Faultier, weil es immer noch total hibbelig ist, und Thao, weil sie so froh ist, nicht in den Aufzug steigen zu müssen. Dabei ist es für sie gar nicht so leicht, mit ihrem Hängebauch die Stufen raufzukommen, und deswegen brauchen wir ziemlich lange, bis wir endlich den vierten Stock erreichen.

Da wir uns nicht trauen, das Licht anzumachen, tasten wir uns auf der Suche nach dem richtigen Büro im Dunkeln vorwärts. Einmal stolpere ich dabei fast über Thao. Sie hält sich ganz dicht bei Kati. Vielleicht ist es aber auch umgekehrt, die beiden beruhigen sich jedenfalls gegenseitig, und das ist gut so. Auf dem dunklen Flur sagt keiner von uns ein Wort, nicht mal Dieter oder Jasper, und sogar Paula macht eine Witzepause.

»Wie sollen wir das Büro denn finden, wenn es stockduster ist?«, frage ich, nachdem wir schon eine ganze Weile vergeblich nach der richtigen Tür gesucht haben.

Fast im selben Augenblick flackert eine Taschenlampe auf.

Als ich mich umdrehe, sehe ich, dass Anna die Lampe in der Hand hält, und das ist bei ihr ja oft so, dass sie nicht viel tut oder sagt, aber wenn, dann ist es immer vernünftig. Von uns anderen hat jedenfalls keiner daran gedacht, eine Taschenlampe mitzunehmen.

»Ausmachen! Sofort Ausmachen! Ich bin blind!«, brüllt Dieter, weil ihn der Lichtstrahl getroffen hat.

»Sorry«, flüstert Anna und lenkt den Strahl in eine andere Richtung.

»Ich glaub, hier vorne ist es.« Ich stehe vor einer Tür, auf die jemand ganz viele Sticker geklebt hat.

Als Anna mit der Taschenlampe zu mir leuchtet, erkenne ich, dass meine Vermutung richtig war. Wir stehen tatsächlich vor der richtigen Tür und ich kann spüren, wie Kati neben mir zittert.

»Sollen wir reingehen?«, frage ich.

»Nur wenn es da drinnen was zu essen gibt«, sagt Dieter. »AUA, was soll das?!«

»Aua«, ruft er, weil ich ihn gezwickt habe. Aber das ist jetzt echt nicht der Moment für seine verfressenen Kommentare. Dazu ist der Augenblick viel zu wichtig für Kati. Schließlich erfährt sie hinter der Tür vielleicht, wer ihre leiblichen Eltern sind. Außer Dieter spüren wir das alle und deswegen greift auch keiner zu der Klinke. Das muss Kati ganz alleine machen.

»Und was ist, wenn abgeschlossen ist?«, fragt sie leise.

»Hoffentlich«, flüstert Thao.

»Das wissen wir erst, wenn du es ausprobiert hast«, sagt Leon.

»Zur Not knack ich das Schloss für euch«, verkündet Jasper. »Ich bin der weltbeste Safeknacker.«

»Wer's glaubt«, knurrt Dieter, aber nur ganz leise, so als hätte er Angst, dass ich ihn wieder kneifen könnte.

Anna und ich sagen nichts, sondern legen Kati unsere Hände auf den Rücken. Das machen wir fast gleichzeitig und ohne dass wir uns abgesprochen hätten. Einfach nur, weil wir beide fühlen, dass Kati das jetzt gut gebrauchen kann. Ganz langsam streckt sie ihre Hand aus, greift nach der Klinke und drückt sie runter. Die Tür ist offen.

»Okay, ihr Tiere bleibt draußen und steht Schmiere«,

sage ich, weil sonst keiner was sagt. »Wenn jemand kommt, gebt ihr uns Bescheid. Wir verlassen uns auf euch!«

Ich sehe, dass Dieter etwas erwidern will, aber als ich ihn streng anschaue, hält er den Mund und macht es sich auf dem Boden bequem.

Anna und ich schieben Kati sanft in das Büro hinein, während Leon seiner Ratte noch einmal einschärft, uns auf jeden Fall zu warnen, falls irgendjemand auf dem Flur auftaucht. Als er uns anderen schließlich in das Büro folgt, lässt Anna den Lichtstrahl ihrer Taschenlampe durch den Raum gleiten. Es gibt einen Schreibtisch mit einem Stuhl davor und einem dahinter, ein paar Blumentöpfe mit vertrockneten Pflanzen auf der Fensterbank und jede Menge Regale mit Tausenden von Aktenordnern.

»Wie sollen wir denn da bloß die richtige Akte finden?«, frage ich, weil ich in meinem ganzen Leben noch nicht so viele Ordner auf einem Haufen gesehen habe.

»Die sind doch bestimmt irgendwie sortiert«, sagt Leon.

»Stimmt«, sagt Anna und zeigt auf ein Regal, auf dem Adoptionen steht.

Draußen auf dem Flur höre ich Dieter und Jasper. Für einen Augenblick denke ich, dass sie uns warnen wollen, weil jemand kommt. Aber dann kapiere ich, dass die beiden sich nur darüber streiten, wer von ihnen da draußen der Boss ist und das Sagen hat.

Kati steht vor dem Regal und liest im Schein von Annas Lampe, was auf den Akten steht.

»Die sind alle nach Geburtsdatum geordnet«, sagt sie.

»Dann ist es ja ganz einfach«, erwidert Leon erleichtert.

Kati zögert einen Augenblick, dann greift sie nach dem Ordner mit dem Jahr ihres Geburtstages und legt ihn auf den Schreibtisch. Bevor sie ihn öffnet, zögert sie ein zweites Mal, und erst als ich ihr wieder meine Hand auf den Rücken lege, klappt sie den Aktenordner auf und blättert durch die Papiere, bis sie fast ganz am Ende tatsächlich ihren Namen gefunden hat.

Kati liest schweigend und auch von uns sagt keiner ein Wort. Selbst draußen auf dem Flur ist es jetzt still, mal abgesehen von den Witzen, die Paula in Endlosschleife erzählt.

»Und?«, frage ich, als Kati den Ordner vorsichtig wieder zuklappt.

»Wenn das hier ein Hollywoodfilm wäre, dann würde Kati jetzt bestimmt erfahren, dass die Chefin ihre Mutter ist«, flüstert Leon mir zu, aber so leise, dass Kati das nicht hören kann. »So wie bei Luke Skywalker und Darth Vader.«

»Das hier ist aber kein Film«, flüstere ich zurück und wiederhole dann noch mal laut meine Frage. »Und? Was steht da?«

»Tot«, sagt Kati und ihre Stimme klingt, als wenn sie

dabei weinen würde. »Sie sind bei einem Autounfall gestorben, alle beide. Da war ich noch ein Baby. Dann haben mich meine Eltern, also meine jetzigen Eltern, adoptiert, weil es wohl keine anderen Verwandten gab.«

Ich nehme Kati in den Arm und Anna und Leon machen es genauso. Wir sind ein richtiges Menschenknäuel, das da im Büro des Jugendamtes steht und Kati Trost spendet.

»Jetzt werde ich niemals erfahren, was für einen Begleiter sie hatten«, flüstert Kati.

Daran hatte ich noch gar nicht gedacht. Kati wird nie wissen, ob ihre Mutter oder ihr Vater ein Tier hatten oder vielleicht sogar beide.

»Aber immerhin hast du Thao«, sage ich. »Das ist ja quasi so eine Art Erbschaft, die sie dir hinterlassen haben. Mit Thao bist du ihnen immer nahe. Ein bisschen zumindest.«

»Stimmt«, erwidert Kati und aus dem Klang ihrer Stimme kann ich hören, dass ihr der Gedanke gefällt und sie sogar ein bisschen tröstet.

»Außerdem hast du doch jetzt neue Eltern, die dich auch lieben«, sagt Leon.

»Und die sind sogar fast noch besser als richtige Eltern, die haben sich DICH schließlich ausgesucht. Die wollten genau DICH und das ist doch auch toll«, sagt Anna, und wie immer wenn sie mehr als nur ein Wort sagt, lohnt sich jedes einzelne davon, weil jedes davon wahr ist.

»Danke«, sagt Kati leise. »Ich bin so froh, dass ich euch habe. Lasst uns gehen, bevor die da draußen noch irgendwelchen Unsinn anstellen.«

Genau in diesem Augenblick geht das Licht an.

»Was macht ihr denn hier?« Ein Mann steht in der Tür und sieht uns an, aber gar nicht vorwurfsvoll, sondern eher als könnte er sich schon denken, warum wir hier sind. Jedenfalls nicht, um etwas zu klauen oder kaputt zu machen oder so.

»Wir … wir …«, fängt Kati an zu stottern.

Weiter kommt sie nicht, weil sich hinter dem Mann jetzt unsere Tiere in das Büro quetschen. Sie sehen ziemlich ängstlich aus, nicht nur Thao, sondern auch Dieter und Jasper.

»Wieso habt ihr uns nicht gewarnt«, zischt Leon.

»Da draußen auf dem Flur ist ein Krokodil«, zischt Dieter zurück.

»Das hat gedroht, uns zu fressen, wenn wir auch nur einen Mucks machen«, sagt Jasper.

»Mit Haut und Schwarte«, bestätigt Thao, die vor Schreck ganz weiß geworden ist.

»Was sagt ein Krokodil, wenn es einen Clown gefressen hat«, sagt Paula. »Schmeckt irgendwie komisch.«

Keiner lacht, aber das wundert mich überhaupt nicht. Dazu haben wir alle viel zu viel Angst, weil wir hier gerade bei einem Einbruch erwischt worden sind und draußen auf dem Flur ein Krokodil vielleicht nur darauf wartet, uns alle zu verschlingen.

»Ist das Ihr Krokodil da draußen?«, frage ich schüchtern.

»Ist es«, antwortet der Mann und betrachtet in aller Ruhe Dieter, Jasper, Thao und Paula. »Und im Gegensatz zu mir habt ihr Ärmsten mit euren Begleitern ja ganz schöne Nieten gezogen.«

»So schlimm sind die gar nicht«, sagt Leon.

»Eigentlich sind die alle sogar ganz okay«, sage ich.

»Stimmt«, bestätigt Anna, obwohl Paula immer noch pausenlos Witze erzählt, auch wenn ihr dabei schon lange keiner mehr zuhört.

»Das hoffe ich für euch, und jetzt verratet ihr mir endlich mal, was ihr hier wollt«, sagt der Mann. »Ich bin nämlich eigentlich nur zurückgekommen, weil ich vergessen hatte, mein Büro abzuschließen.«

Es ist dann Kati, die ihm alles erzählt. Von Thaos Auftauchen an ihrem zehnten Geburtstag und davon, dass ihre Eltern kein Tier haben und dass wir deswegen alle vermutet haben, dass Kati adoptiert worden ist.

»Und wie seid ihr hier reingekommen?«, fragt der Mann.

»Die Tür war offen«, antwortet Leon schnell, weil er Annas Mutter nicht verpetzen will, und es ist ja auch nicht gelogen. Die Tür war ja wirklich offen.

»Habt ihr denn gefunden, was ihr gesucht habt?« Der Mann zeigt auf den Ordner, der immer noch auf dem Schreibtisch liegt.

»Haben wir«, sagt Kati.

»Okay, dann rufe ich mal deine Eltern an. Ich glaube, du und sie, ihr habt jetzt eine Menge zu besprechen«, sagt der Mann. »Und für den Rest gilt: Abmarsch. Es wird Zeit, dass ihr nach Hause kommt. Eure Familien machen sich bestimmt schon Sorgen.«

15. Auf der Couch

Anna und Leon schnappen sich ihre Tiere und verabschieden sich schnell. Als ich Dieter hochnehmen will, greift Kati nach meiner Hand. Sie braucht gar nichts zu sagen. Ich kapiere auch so, dass ich bei ihr bleiben soll.

»Kann ich bei meiner Freundin bleiben?«

»Klar doch, ich bin übrigens Hans«, antwortet der Beamte. »Und wie heißt ihr beiden?«

»Kati«, sagt Kati und dann zeigt sie auf ihr Hängebauchschwein. »Und das ist Thao.«

»Zora, und mein Stinktier heißt Dieter«, sage ich.

»Schön, euch kennenzulernen. Es war ziemlich mutig von euch, hierherzukommen. Nicht ganz erlaubt, aber mutig«, sagt Hans und dann ruft er Katis Eltern an, damit sie uns aus dem Rathaus abholen.

»Sie sind gleich da«, sagt Hans, als er aufgelegt hat. »Ich bringe euch schon mal runter.«

»Holen Sie nicht die Polizei?«, fragt Thao ängstlich.

»Die kann hier auch nicht helfen«, antwortet Hans. »Das muss Kati mit ihren Eltern schon alleine klären.«

»Nimmst du mich hoch?« Dieter schaut mich aus großen Augen an und klimpert dabei mit den Wimpern.

»Wegen der Treppe?«, frage ich zurück.

»Nein, wegen des Krokodils da draußen«, flüstert Dieter.

Das hatte ich ganz vergessen, aber als wir das Büro verlassen, liegt da tatsächlich ein drei Meter langes Krokodil auf dem Flur.

»Wir fahren wieder nach Hause, Alexander«, sagt der Mann und schließt die Tür hinter sich ab.

»Darf ich die also nicht fressen?«, will das Krokodil wissen.

»Heute nicht, vielleicht ein anderes Mal«, antwortet Hans.

»Schade«, brummt das Krokodil und grinst mich breit an.

Ich bin nicht sicher, ob die beiden das ernst meinen oder sich nur über uns lustig machen. Dieter kriecht sicherheitshalber unter meine Jacke und auch Thao kuschelt sich ganz eng an Kati, sagt aber kein Wort.

Auf der Treppe macht sich das Krokodil steif wie ein Surfbrett und Hans stellt sich einfach auf seinen Rücken. Dann surfen die zwei die Stufen hinunter und das ist ziemlich cool. Sogar Kati muss lachen, weil es so komisch aussieht, und die beiden selber scheinen auch eine Menge Spaß zu haben. Überhaupt finde ich, dass Hans eigentlich ganz nett ist. Er hat überhaupt nicht geschimpft. Wahrscheinlich, weil er Verständnis dafür hat, dass Kati wissen wollte, wer ihre echten Eltern waren. Und außerdem ist er ja auch einer von uns, weil er doch einen Begleiter hat. Genau wie wir.

Unten in der Halle des Rathauses ist das Putzteam schon weg und Kati und ich sind völlig außer Atem. Wir mussten uns auf den Stufen ganz schön beeilen, um die beiden Surfer im Treppenhaus nicht völlig aus den Augen zu verlieren.

Katis Eltern stehen schon an der Tür und reden mit Hans. Die müssen sofort nach dem Telefonat ins Auto gesprungen sein, sonst hätten sie das nie so schnell schaffen können. Das Krokodil steht ganz dicht neben ihnen, aber das können Katis Eltern ja nicht sehen. Alexander reißt das Maul auf und tut so, als wenn er sie verschlingen wollte. Dann dreht er sich zu uns um und zwinkert uns zu. Ich glaube, das Krokodil gibt sich Mühe, Kati ein bisschen aufzuheitern, auch wenn ich seinen Humor ein bisschen merkwürdig finde.

Als Katis Eltern uns in der Halle entdecken, laufen sie sofort auf uns zu und nehmen Kati in die Arme. Alle beide, und ganz fest, und es sieht fast so aus, als wollten sie Kati vor lauter Liebe zerquetschen.

»Probiere das bloß nicht bei mir«, brummt Dieter, der seinen Kopf unter meiner Jacke hervorstreckt, weil Alexander weit genug von uns entfernt ist.

»Keine Sorge«, sage ich und gebe ihm stattdessen einen Kuss auf den Kopf.

»IHH!«, kreischt Dieter, aber ich glaube, in Wirklichkeit

gefällt ihm das sogar, auch wenn er das natürlich niemals zugeben würde.

Dann fahren wir alle zusammen zu Kati nach Hause. Ihre Eltern haben nichts dagegen, dass ich mitkomme. Im Gegenteil, ich glaube, es ist ihnen ganz recht, dass ich dabei bin.

Bei ihr angekommen, gehen wir ins Wohnzimmer. Da steht sogar schon der Weihnachtsbaum mit Kugeln und Lichtern und allem Drum und Dran. Und ehrlich gesagt, sieht der Baum viel schöner aus als der, den Papa ausgesucht hat. Wir setzen uns alle davor auf den Boden und Katis Eltern fangen an zu erzählen. Dass sie sich schon ewig ein Kind gewünscht hätten, aber keines hatten kriegen können. Darum hätten sie beschlossen, ein Kind zu adoptieren. Es sei ihnen auch ganz gleich gewesen, ob Junge oder Mädchen. Und dann wäre eines Tages plötzlich ein Anruf gekommen, dass da ein Baby wäre, das seine Eltern bei einem Unfall verloren hätte und jetzt dringend neue Eltern bräuchte. Und das Baby war meine Freundin Kati.

»Wir haben dich gesehen und uns sofort in dich verliebt«, sagt Katis Mutter und ihr Vater ergänzt: »Du warst so unglaublich süß, aber das bist du ja heute noch.«

Katis Eltern holen die alten Fotoalben raus, um ihr zu

zeigen, wie süß sie damals war. Auf den ersten Bildern ist sie noch ganz klein, aber dann wird sie immer größer und irgendwann tauche auch ich auf den Fotos auf, weil Kati und ich uns ja schon so lange kennen.

Dieter und Thao liegen auf dem Teppichboden zu unseren Füßen. Sie sind beide eingeschlafen und haben sich dabei ganz eng aneinandergekuschelt. Das sieht schrecklich süß aus und Kati muss lachen, als ich sie leicht anstoße, um es ihr zu zeigen.

Ihre Eltern verstehen nicht, warum sie lacht, aber sie freuen sich trotzdem mit und erzählen weiter, dass sie Kati das mit der Adoption längst hätten sagen wollen. Sie wussten nur nicht, wann, und vor allem nicht, wie. Ich glaube, sie sind ganz froh, dass es Kati jetzt weiß.

»So spät schon!«, ruft Katis Mama. »Wir haben noch gar nichts gegessen. Wisst ihr was, wir bestellen einfach Pizza.«

Dieter und Thao lassen sich nicht mal vom Klingeln des Pizzaboten wecken und das finde ich gut. Sonst müsste ich Dieter noch was von meiner Pizza abgeben und dabei habe ich selbst einen Mordshunger. Wir sitzen den ganzen Abend im Wohnzimmer und lachen, weil Katis Eltern lustige Geschichten aus ihrer Kindheit erzählen, und als wir schließlich ins Bett gehen, ist es schon fast Mitternacht. Aber das macht nichts, weil morgen ja der erste Ferientag und gleichzeitig Heiligabend ist.

Katis Eltern räumen die leeren Pizzakartons weg und wir schnappen uns unauffällig Thao und Dieter, um mit ihnen in Katis Zimmer zu verschwinden. Kati leiht mir einen Schlafanzug und eine Zahnbürste und ihre Mutter hat sogar schon eine Matratze für mich fertig gemacht und auch eine Flasche Wasser für die Nacht bereitgestellt. Unsere Tiere haben den Umzug vom Wohnzimmer in Katis Zimmer glatt verpennt und schlafen jetzt auf den Kissen, die wir für sie auf den Boden gelegt haben.

Etwas später kommen Katis Eltern noch zu uns, um Kati einen Gute-Nacht-Kuss zu geben. Ich kriege auch einen und dann machen sie die Tür zu und wir sind alleine.

»Wie geht es dir?«, frage ich vorsichtig.

»Eigentlich ganz gut«, sagt Kati.

»Bist du gar nicht traurig wegen deinen Eltern«, hake ich nach.

»Welchen?«, fragt Kati.

»Deinen …« Eigentlich wollte ich *deinen echten Eltern* sagen, aber plötzlich weiß ich gar nicht mehr so genau, wer Katis echte Eltern sind.

»Du meinst die, die bei dem Unfall gestorben sind? Klar bin ich traurig. Aber ich erinnere mich gar nicht mehr an sie. Eigentlich kenne ich ja nur die, die sich jetzt um mich kümmern. Für mich sind das meine echten Eltern«, sagt Kati. »Immerhin weiß ich jetzt, wo mein Tier herkommt.«

»Wirst du ihnen von Thao erzählen«, will ich wissen.

»Später vielleicht«, sagt Kati.

»Das sagt mein Papa auch immer«, erwidere ich.

Dann reden wir nicht mehr viel und irgendwann schlafen wir ein. Ich träume, dass ich auf dem Rücken von Alexander, dem Krokodil, mit Dieter am Meer auf einer riesigen Welle surfe. Ich spüre richtig, wie mir die Gischt ins Gesicht spritzt. Doch als ich aufwache und die Augen öffne, merke ich, dass das gar kein Meerwasser war, das ich auf meiner Haut gespürt habe. Dieter sitzt auf meiner Brust und hat die Flasche in der Hand, aus der er mir Wasser ins Gesicht gespritzt hat.

»Ist was?«, frage ich verschlafen.

»Du hast gestern Abend Thunfischpizza gegessen«, faucht Dieter wütend. »Das rieche ich doch! Und du hast mir davon nichts abgegeben! Du hast alles alleine gefuttert und dafür solltest du dich was schämen, Frolleinchen!«

Dieter brüllt so laut rum, dass Kati aufwacht, und er beruhigt sich erst wieder, als Kati ihm verspricht, dass sie zum Frühstück Pfannkuchen macht. Ihre Eltern sind nicht da. Die mussten noch eine paar Besorgungen für Weihnachten machen und haben auf dem Küchentisch einen Zettel mit ganz vielen Herzchen für uns hinterlassen, auf dem sie uns einen wunderschönen Morgen wünschen.

Kati und ich holen uns Milch, Eier und Mehl, um den Teig für die Pfannkuchen zu machen. Das ist eigentlich ganz einfach, und wenn wir zusammen was kochen, dann backen wir eigentlich immer Pfannkuchen.

»Das reicht doch nie«, brummt Dieter immer noch schlecht gelaunt, als der Teig fertig ist.

»Sind da auch ganz bestimmt keine Nüsse drin?«, fragt Thao besorgt.

»Doch, Pfannkuchen bestehen so gut wie nur aus Nüssen«, behauptet Dieter, aber das sagt er nur, damit er Thao nichts abgeben muss.

»Stimmt gar nicht«, mischt sich Kati ein. »Da ist keine einzige Nuss drin, du kannst ruhig auch welche essen. Es sind genug für alle da.«

Wir gießen Teig in die heiße Pfanne und backen den ersten Pfannkuchen aus. Das geht super und beim zweiten versuche ich den Pfannkuchen zu wenden, indem ich ihn hoch in die Luft werfe. Das habe ich schon mal im Fernsehen gesehen und da hat das mit dem Wiederauffangen auch geklappt. Bei mir klappt es nicht. Der Pfannkuchen landet nicht wieder in der Pfanne, sondern auf Dieters Kopf. Kati und Thao müssen lachen und ich auch. Mein Stinktier lacht nicht, das schnappt sich einfach den Pfannkuchen und lässt ihn in Nullkommanichts in seinem Mund verschwinden.

Den Rest des Vormittags basteln Kati und ich gemeinsam Weihnachtsgeschenke und das ist auch höchste Zeit, weil am Nachmittag schon Heiligabend ist. Dieter und Thao machen in der Zeit einen Verdauungsschlaf, weil jeder von ihnen mindestens fünfzehn Pfannkuchen gefuttert hat. Für Kati und mich ist kaum was übrig geblieben, aber das war nicht schlimm, weil wir sowieso noch satt waren von der Pizza am Abend.

»Und was schenkst du deiner Mutter?«, fragt Kati, als wir unsere Bilder und Gutscheine fertighaben.

»Ich wollte ihr ...« Bevor ich zu Ende reden kann, klingelt es an der Haustür.

Als wir aufmachen, stehen Leon und Anna mit Jasper und Paula vor der Tür.

»Wir wollten gucken, wie es dir geht«, sagt Leon. »Außerdem ist Anna gestern noch eingefallen, wie wir die Chefin finden können.«

»Ganz gut«, antwortet Anna und ich frage: »Wie denn?«

16. Immer der Nase nach

»Du hast doch noch die Kunstledertasche der Chefin, oder?«, fragt Leon.

»Klar«, erwidere ich.

»Anna ist eingefallen, dass Schweine ganz tolle Nasen haben«, sagt Leon. »Die sind im Aufspüren von Sachen fast so gut wie Hunde, vielleicht sogar noch besser. Deswegen benutzt die Polizei die auch, um Drogen zu finden.«

»Polizeischweine, ich glaube, mein Schwein pfeift«, kichert Dieter und Jasper erwidert lachend: »Haben die auch so ein Tatütata-Dings auf dem Kopf?«

Aber keiner achtet auf die beiden Komiker. Paula, weil sie immer noch pausenlos Witze erzählt, und Kati und ich, weil wir ahnen, wie Annas Plan aussehen könnte. Thao ahnt das auch und versteckt sich hinter Katis Beinen.

»Dein Hängebauchschwein schnüffelt an der Tasche, nimmt so die Fährte der Chefin auf und führt uns zu ihr«, erklärt Leon.

»Das ist ein super Plan«, rufe ich begeistert und hole schnell die Handtasche.

»War nicht meine, war Annas Idee«, erwidert Leon bescheiden.

Als wir ihr alle gratulieren, wird Anna ganz rot.

»Aber ob ich das wirklich kann?«, fragt Katis Hängebauchschwein besorgt.

»Klar kannst du«, reden wir ihr alle gut zu, na ja, fast alle.

»Ich wette um zwei Schokoweihnachtsmänner, dass das nicht klappt«, knurrt Dieter und Jasper muss natürlich noch einen draufsetzen: »Und ich sogar um vier – und ich meine jetzt nicht so kleine, sondern richtig, richtig große.«

Ich halte Thao die Tasche vor die Nase und sie schnüffelt daran. Ziemlich lange, dann reckt sie ihre Nase in die Luft. Das sieht ziemlich niedlich aus, weil sie dabei ihre Augen zusammenkneift, so als würde sie sich richtig doll konzentrieren.

»Wir müssen da lang!« Thao zeigt mit ihrem rechten Vorderhuf die Straße runter.

Wir wollen schon los, als Kati plötzlich »Wartet!« ruft. Sie holt schnell die Leine, die ich ihr zum Geburtstag geschenkt habe, und legt sie Thao an. »Nur damit du uns nicht verloren gehst.«

Ihr Schwein sieht dabei gar nicht unglücklich aus. Im Gegenteil, Thao strahlt richtig und ich glaube, sie fühlt sich viel sicherer mit der Leine als ohne. Dieter würde mich umbringen, wenn ich das bei ihm versuchen würde.

Thao zieht Kati hinter sich her, so eilig hat sie es plötzlich, der Spur der Chefin zu folgen. Ich muss Dieter auf den Arm nehmen, um mit den beiden Schritt halten zu können. Thao rennt vorneweg und wir anderen ihr nach. Manchmal stoppt das Hängebauchschwein an einer Straßenecke und reckt seine Nase in die Höhe, um dann gleich weiterzurennen, während Kati ihr immer wieder »Das machst du super!« und »Klasse, Thao!« zuruft. Dieter und Jasper sind ganz still, weil ihnen allmählich klar wird, dass sie ihre Wette wohl verlieren werden.

Thao führt uns durch die ganze Stadt, bis sie nach einer halben Ewigkeit vor einem winzigen Häuschen stehen bleibt.

Das Haus sieht nicht aus, als wenn sich jemand liebevoll darum kümmern würde. Weihnachtsschmuck gibt es jedenfalls keinen, mal abgesehen von den nadellosen Resten einer Tanne, die in dem kleinen Vorgarten zwischen lauter Gerümpel herumliegt und so aussieht, als läge sie dort schon seit dem letztem Fest.

»Hier?«, fragt Leon ungläubig und auch ich kann mir kaum vorstellen, dass die Chefin dort wohnen soll.

»Ich bin mir fast ganz hundertprozentig sicher«, quiekt Thao.

»Gut gemacht«, lobt Kati.

Dieter und Jasper sind ganz still, weil sie sich über ihre verlorene Wette ärgern, und Paula erzählt zum tausendsten Mal den Witz von dem roten Paprikanten am Kopierer.

»Wir müssen da rein«, sagt Anna.

»Aber wie soll das denn gehen?«, frage ich.

»Du hast doch den Schlüssel in der Tasche«, sagt Leon. »Wir gehen rein und schauen uns da ein bisschen um.«

»Vielleicht finden wir da drinnen ein Gegenmittel, damit Paula endlich aufhört, Witze zu erzählen, und Dieter wieder richtig stinken kann«, sagt Kati. »Klingeln können wir ja schlecht, die lässt uns doch niemals rein.«

»Wahrscheinlich ist sowieso keiner da«, sagt Leon. »Ihr Wagen steht ja nicht vor der Tür.«

Den Schlüssel hatte ich ganz vergessen. Ich hole ihn aus der Tasche und probiere ihn an der Haustür aus. Meine Hand zittert, weil es schon das zweite Mal innerhalb von nur zwei Tagen ist, dass wir irgendwo einbrechen.

»Soll ich mal«, brummt Dieter.

»Nein, danke. Geht schon«, antworte ich, weil ich endlich das Schlüsselloch getroffen habe.

Wir schlüpfen hinein und schauen uns um. Ganz vorsichtig, wir wissen ja nicht, ob vielleicht nicht doch jemand da ist.

»Hier riecht es aber gut«, sagt Dieter und streckt seine Nase in die Luft.

Dabei stimmt das gar nicht. In dem Haus riecht es überhaupt nicht gut, sondern eher so, als hätte dort schon seit Wochen keiner mehr gelüftet, und nach vergammelten Lebensmitteln stinkt es auch. Und ehrlich gesagt, wundert mich das überhaupt nicht. Drinnen herrscht

das gleiche Durcheinander wie im Vorgarten. Überall liegen Sachen auf dem Boden rum und in der Küche stapelt sich das ungewaschene Geschirr fast bis zur Decke. Einen Weihnachtsbaum oder eine Krippe sehe ich nicht, nicht einmal einen Adventskalender kann ich entdecken.

»Wir kann man hier nur wohnen?«, fragt Leon fassungslos.

»Keine Ahnung«, antworte ich und auch Anna schüttelt nur den Kopf.

Im Gegensatz zu Paula und Thao scheint die Unordnung Dieter und Jasper überhaupt nicht zu stören. Mein Stinktier ist von meinem Arm gehüpft und schaut sich mit Leons Ratte nach etwas Essbarem um.

»Ich finde das ziemlich traurig«, sagt Kati. »Ich glaube, jemand, der so lebt, muss sehr einsam sein. Mir tut sie leid.«

»Von wegen leidtun!«, schimpft Dieter. »Wegen der Chefin kann ich nicht mehr stinken.«

»Und ich muss mir wegen der ständig Paulas Witze anhören«, faucht Jasper.

»Kennt ihr eigentlich den? Kommt ein Pferd in die Bar …«, fragt Paula, doch bevor sie ihren Witz zu Ende erzählen kann, brüllen Jasper und Dieter laut: »Klappe! Schnauze! Maul halten!«

Leon öffnet den Kühlschrank, aber der ist leer. Abgesehen von zwei braunen Apothekerflaschen. Auf die eine hat jemand ein rotes Kreuz und auf die andere einen grünen Haken gemalt.

»Ob das das Zeug ist, mit dem sie Dieter und Paula vergiftet hat?«, fragt Kati.

»Keine Ahnung«, sagt Leon und auch Anna zuckt nur mit den Schultern.

»Wir könnten es testen«, sage ich und schaue Dieter an.

»Denk nicht mal dran! Ich bin doch kein Versuchskaninchen«, faucht mein Stinktier. »Jasper soll das trinken. In Forschungslabors nehmen die doch auch Ratten für ihre Experimente.«

»Ja, und das ist total gemein und sollte verboten werden«, schimpft Jasper. »Ich werde das auf gar keinen Fall anrühren, das könnt ihr komplett vergessen.«

»Und nun?«, fragt Anna und das ist kein gutes Zeichen, weil sie ja sonst immer diejenige ist, die die guten Ideen hat.

»Rufe ich die Polizei, weil ihr hier eingebrochen seid«, ertönt plötzlich eine Stimme hinter unseren Rücken. »Das wird ein furchtbar trauriges Weihnachten für euch hinter Gittern.«

Die Chefin steht in der Küchentür und grinst uns fies an. Sie muss reingekommen sein, als Dieter und Jasper Paulas Stinktier angebrüllt haben. Deswegen haben wir sie wohl nicht gehört. Aber als ich aus dem dreckigen Fenster schaue, sehe ich, dass jetzt auch ihr alter schwarzer Leichenwagen vor dem Haus parkt.

»Ihr könnt stattdessen natürlich auch alle meinen kleinen Zaubertrank probieren. Habe ich selbst gemacht! Das ist derselbe, mit dem ich die Plätzchen bestrichen habe, von denen eure verfressenen Viecher nicht genug kriegen konnten. Ich würde dann sogar großzügig auf die Polizei verzichten und mir lieber anschauen, welche Wirkung das bei euch hat. Vielleicht werdet ihr plötzlich ganz artige und brave Kinder, die nicht in fremde Häuser einbrechen.«

»Wir wollten nur Ihre Kunstledertasche zurückbringen«, flüstere ich mit zitternder Stimme.

»Das ist echtes Klapperschlangenleder, du freches kleines Ding!«, schreit die Chefin.

Weder Leon noch ich wagen ihr zu widersprechen. Die anderen halten auch alle den Mund, weil die Chefin auch schon weiterbrüllt: »Und außerdem hast du mir die geklaut, du und dein dickes Stinktier. Also was ist jetzt? Gefängnis oder Trinken?«

Und dann passiert plötzlich etwas Seltsames. Etwas, mit dem keiner von uns gerechnet hätte. Ausgerechnet Thao, die sich sonst immer vor allem fürchtet, läuft zu ihr hin und reißt Kati dabei sogar die Leine aus der Hand. Dann reibt sie ihren Bauch an den Beinen der Chefin, so wie das sonst nur Katzen machen.

»Hey, was soll das?!«, schreit die Chefin, aber man kann hören, wie unsicher das klingt. »Hör sofort auf damit! Ich mag das nicht! Ich will das nicht!«

Dieter und Jasper sehen sich kurz an, dann laufen sie auch zu ihr, und sogar Paula schwingt sich von Annas Arm an die Küchenlampe und von dort auf die Schulter der Chefin. Die vier schmiegen und schmusen sich richtig an sie heran. Sie ersticken die Wut der Chefin regelrecht mit ihrer Zärtlichkeit. Anfangs brüllt sie noch laut: »Aufhören! Sofort aufhören! Das ist ja ekelhaft!« Aber das Brüllen wird immer leiser, bis es in ein wohliges Seufzen übergeht. Irgendwann ist die Chefin völlig erschöpft von so vielen Liebkosungen, dass sie die alten Pizzakartons von einem Stuhl fegt, um sich setzen zu können. Sofort springen Thao und Jasper auf ihren Schoß, während sich Dieter wie ein Schal um ihren Hals legt und Paula sich an ihren rechten Arm hängt.

»Ich bin so ein schlechter, schlechter Mensch«, fängt die Chefin plötzlich an zu schluchzen. »Ich bin so schrecklich einsam, seit Horst mich verlassen hat.«

»Wer ist Horst?«, flüstert Leon.

»Das war doch ihre Hyäne«, antwortet Kati und ich sage: »Die hat die Chefin doch verlassen, weil sie es nicht mehr bei ihr ausgehalten hat.«

»Die Arme«, sagt Anna.

Ich glaube, sie tut uns allen leid, wie sie da wie ein Häufchen Elend auf dem Stuhl sitzt und abwechselnd Thao, Paula, Jasper und Dieter streichelt.

»Wir könnten Sie besuchen kommen«, schlage ich der Chefin vor. »Mit unseren Tieren. Einmal in der Woche, damit Sie nicht so einsam sind.«

»Wirklich?« Die Chefin schaut mich ungläubig an.

»Klar könnten wir«, sagt Kati und Anna nickt auch.

»Aber nur unter zwei Bedingungen«, erklärt Leon. »Erstens, Sie räumen hier mal ordentlich auf und lüften anständig, und zweitens, Sie verraten uns, in welchem der beiden Flaschen das Gegenmittel ist.«

»Meint ihr das auch wirklich ernst?«, fragt die Chefin misstrauisch. »Ihr macht euch auch ganz bestimmt nicht lustig über mich?«

Wir brauchen ihr gar nicht zu antworten, das erledigen unsere Tiere für uns, die sich wieder ganz eng an sie kuscheln.

»Das Gegenmittel ist in der Flasche mit dem grünen Haken«, erklärt die Chefin mit butterweicher Stimme. »Und aufräumen tue ich auch, versprochen. Ich besorg sogar Kuchen und Limonade, wenn ihr kommt.«

»Viel Kuchen«, flüstert Dieter ihr ins Ohr und Thao quiekt: »Aber ohne Nüsse!«

Leon holt die richtige Flasche aus dem Kühlschrank, es gibt dann aber noch Streit, wer von unseren Tieren zuerst das Gegenmittel probieren soll: Dieter oder Paula.

Am Ende nimmt Annas Faultier den ersten Schluck. Kaum hat sie die Flasche abgesetzt, fällt sie zurück in ihren alten Dauerschlaf und hört auch endlich auf Witze zu erzählen. Als Dieter das sieht, reißt er ihr die Flasche aus der Hand und nimmt selber einen tiefen Zug.

»Und jetzt alle: Augen zu und Nasen auf!«, brüllt er und streckt uns seinen Hintern entgegen.

»Nein!«, schreien wir, weil es in dem Haus sowieso schon so schrecklich stinkt. Da ist das echt nicht mehr nötig.

Dieter grummelt beleidigt, dreht sich aber doch wieder um und verschiebt seine Stinkprobe auf später.

»Aber ihr kommt doch wieder? Tut ihr doch, oder?«, ruft uns die Chefin hinterher, als wir uns von ihr verabschieden.

»Ehrenwort und frohe Weihnachten«, antworten wir im Chor.

An der nächsten Straßenecke trennen sich unsere Wege. Wir nehmen uns alle in den Arm und wünschen uns ein schönes Fest. Sogar Dieter und Jasper streiten sich ausnahmsweise mal nicht, sondern reichen sich zum Abschied feierlich die Hand. Dann laufen wir alle schnell nach Hause, weil keiner von uns seine Bescherung verpassen will.

17. Dufte Bescherung

»Wieso habt ihr das gemacht?«, frage ich Dieter, als ich ihn nach Hause trage. Wir sind schon spät dran, und wenn er selber laufen würde, kämen wir niemals rechtzeitig zuhause an.

»Was gemacht?«, fragt Dieter zurück.

»Das mit dem Kuscheln und Streicheln und Nettsein und so«, sage ich.

»Weil Weihnachten ist, da soll man doch freundlich sein«, antwortet Dieter. »Außerdem hat Thao wohl irgendwie gerochen, dass die Chefin nur deswegen so böse ist, weil sie einsam ist und niemanden zum Knuddeln hat. Sie besitzt echt eine tolle Spürnase.«

Unsere Tiere überraschen mich immer wieder. Manchmal sind sie so sensibel wie ein Stück Holz und dann wieder wissen sie ganz genau, was ein Mensch gerade fühlt und braucht. Zum Beispiele Streicheleinheiten, wie die Chefin vorhin.

»Was mir der Weihnachtsmann wohl für Geschenke zu Weihnachten bringt?«, fragt Dieter. »Meinst du, ich krieg den vollen Kühlschrank?«

»Äh, also ...«, stottere ich.

Mir fällt nämlich gerade ein, dass ich total vergessen habe, Stinkbomben für ihn zu besorgen. Aber das ist nicht schlimm, weil er die ja vielleicht gar nicht mehr braucht. Schlimm ist, dass ich auch nichts anderes für ihn habe.

»Nun sag schon, was glaubst du?«, drängelt Dieter.

»Guck mal, wie schön die Lichter brennen!«, versuche ich das Thema zu wechseln.

Wir sind nämlich schon fast zu Hause, und wie immer an Heiligabend hat Papa die Beleuchtung in unserem Vorgarten schon ganz früh eingeschaltet.

»Was zu essen wäre mir lieber«, knurrt Dieter. »Ich hab Hunger!«

»Nach der Bescherung gibt es was«, vertröste ich ihn, weil bei uns die Geschenke schon immer vor dem Abendessen verteilt werden. Ich finde das gut, da muss man nicht so lange warten.

Als ich die Haustür öffne, fühle ich auch ohne Thaos Spürnase, dass bei uns daheim wieder mal dicke Luft herrscht. Mama kommt direkt auf mich zugeschossen und will wissen, warum ich erst jetzt nach Hause komme. Und überhaupt, mit wem ich die Übernachtung bei Kati abgesprochen hätte? Mit ihr jedenfalls nicht.

»Und jetzt zieh dich schnell um«, faucht sie mich an. »Den Baum mussten wir auch schon ohne dich schmücken.«

Dann dreht sie sich um und verschwindet fluchend in der Küche, weil es dort irgendwie angebrannt riecht.

»Was ist denn hier los?«, frage ich Papa, obwohl das ja oft so ist, dass die Erwachsenen gerade an so feierlichen Tagen viel gereizter sind als sonst, weil sie noch so viel zu erledigen haben.

»Deine Mutter findet den Baum potthässlich, den wir gestern besorgt haben«, erklärt Papa. »Deine Schwester weigert sich, ein schickes Kleid anzuziehen, und dann hat Lasse auch noch aus Versehen beim Baumschmücken ihre Lieblingsweihnachtskugel fallen lassen.«

»Typisch Eisbär«, brummt Dieter.

»Die rote?«, frage ich, weil ich weiß, wie wichtig die Mama ist. Die Kugel hat sie nämlich von ihrer Urgroßmutter geerbt und jetzt verstehe ich auch, warum Mama so sauer ist.

Ich renne mit Dieter schnell die Treppe rauf, um mich umzuziehen. Im Gegensatz zu Nora, die auch an Feiertagen lieber ihre zerrissenen Jeans trägt, ziehe ich mir gern ein schickes Kleid an. Dazu hat man ja sonst kaum Gelegenheit. Außerdem muss ich noch Mamas Geschenk einpacken und Dieter baden sollte ich auch noch. Aber als ich meine Nase unauffällig in sein Fell drücke, stelle ich fest, dass er immer noch nach gerösteten Kastanien, frischen Tannennadeln und gebackenen Plätzchen riecht. Da kann ich mir das mit dem Duschen auch sparen.

»Meinst du, wir sehen das Christkind?« Dieter sitzt auf der Fensterbank und lässt den Himmel nicht aus den Augen. Dabei kann man wegen der vielen dunklen Wolken da draußen nicht mal die Sterne sehen.

»Vielleicht«, antworte ich ausweichend, während ich Mamas Geschenk in rotes Papier einwickle. Denn vielleicht liege ich auch total falsch und Dieter hat recht und das Christkind gibt es wirklich. Vor meinem zehnten Geburtstag hätte ich schließlich auch jeden für verrückt erklärt, der mir erzählt hätte, dass es jemanden wie Dieter gibt.

Nebenan höre ich Nora telefonieren. Ich glaube, sie redet mit Louis, ihrem Freund, und beschwert sich bei ihm über Mama. Es fallen immer Sätze wie »Sie ist so gemein«, »Ich darf hier nie was« und »Sie mag Zora sowieso viel lieber als mich«.

Klar, deswegen hat Mama mich ja auch so angefahren, als ich nach Hause gekommen bin. Bei Noras Laune habe ich keine Lust, zu ihr rüberzugehen. Da bleibe ich lieber in meinem Zimmer und warte, bis unsere Eltern unten klingeln. Das Klingeln ist das Zeichen, dass das Christkind da war und wir jetzt runter ins Wohnzimmer kommen dürfen. Dabei glauben weder Nora noch ich noch an das Christkind, aber die Tradition mit dem Klingeln hat sich trotzdem gehalten.

»Da ist es! Da ist es!«, ruft Dieter aufgeregt, aber dann beruhigt er sich gleich wieder. »Falscher Alarm, das waren nur deine Oma und Gertrud.«

»Hallo Zora, bist du schon aufgeregt?« Omas Giraffe ist so groß, dass sie im ersten Stock bei mir zum Fenster reingucken kann.

»Weg da! Weg da!«, brüllt Dieter und scheucht Gertrud von der Scheibe fort. »Ich kann den Himmel nicht mehr sehen!«

»Was gibt es denn da zu sehen?«, fragt Gertrud.

»Na, das Christkind!«, brüllt Dieter. »Und jetzt beweg deinen dicken Kopf vom Fenster weg!«

»Na dann viel Glück und bis später«, sagt Gertrud kichernd und geht in den Garten, um es sich dort gemütlich zu machen. Drinnen ist es für sie ja viel zu eng.

Endlich klingelt es unten. Ich schnappe mir meine Geschenke und Dieter, dann laufe ich raus auf den Flur. Dort treffe ich Nora. Meine Schwester trägt wirklich ihre alten Jeans und ich glaube, sie findet das ziemlich cool. Hinter ihr läuft Mathilde, die auf ihrem Rücken Noras Geschenke für uns alle balanciert.

»Ich habe es verpasst«, brummt Dieter, als wir den beiden begegnen.

»Was verpasst?«, will Noras Zebra wissen.

»Na, das Christkind«, sagt Dieter und darüber muss Mathilde so laut lachen, dass sie auf der Treppe fast die Geschenke verliert.

Dieter versteht nicht, warum sie lacht, aber als ich Nora verschwörerisch zuzwinkere, zwinkert sie zurück, und da ist klar, dass sie nichts verraten wird. Als ich noch an das Christkind geglaubt habe und sie schon nicht mehr, hat sie mir den Spaß auch nie verdorben.

Als wir zu viert ins Wohnzimmer kommen, stehen Mama, Papa, Oma und Lasse vor dem Baum. Mit den Kugeln und den Kerzen finde ich ihn nicht mehr so hässlich, eigentlich sogar ganz hübsch. Er ist nur ein bisschen krumm, nahezu nadellos, und viel, viel zu groß für das Zimmer ist er auch. Wenn man sich aufs Sofa setzt, hat man die kahlen Zweige im Gesicht hängen und das pikst bestimmt ganz doll. Alle lächeln ganz festlich. Sogar Mama, trotz Noras Hose.

»Frohe Weihnachten!«, rufen sie uns zu und dann singen wir zusammen »Oh, Tannenbaum« und »Ihr Kinderlein kommet«. Dieter, Lasse und Mathilde singen auch mit, aber das hört Mama ja nicht. Da hat sie Glück, weil die drei nicht ein einziges Mal den richtigen Ton treffen.

Als wir fertig gesungen haben, dürfen wir unsere Geschenke auspacken. Dieses Jahr bin ich da gar nicht so wild drauf, weil ich gar nichts Besonderes haben wollte. Früher standen zu Weihnachten immer ein Hund oder eine Katze auf meinem Wunschzettel, aber jetzt habe ich ja Dieter. Da brauche ich kein Haustier mehr. Und dass ich kein Handy bekomme, habe ich vorher schon gewusst. Dafür kriege ich ein paar schöne Sachen zum Anziehen, ganz viele Bücher, ein Gesellschaftsspiel und sogar ein neues Fahrrad, weil mir mein altes bald zu klein ist.

Dieter schaut sich die ganze Zeit suchend um, ob auch für ihn etwas dabei ist. Dabei durchwühlt er mit seiner Schnauze sogar die Geschenkpapierfetzen, die überall herumliegen.

»Hier, das hat dir das Christkind gebracht«, flüstere ich und schiebe ihm den Teller mit den Süßigkeiten rüber, den ich jedes Jahr von Oma bekomme. »Mit den beiden Schokonikoläusen da drauf kannst du deine Wettschulden bezahlen.«

»Ist zwar kein voller Kühlschrank, aber danke trotzdem«,

ruft Dieter überglücklich. Ich hatte schon geahnt, dass man ihm mit Süßigkeiten die größte Freude machen kann, dabei wären ein paar Fitnessgeräte viel sinnvoller gewesen.

Dann verteile ich meine Geschenke. Nora freut sich riesig über das Tuch, Oma über das Bild von Gertrud und Papa über meinen Gutschein. Am gespanntesten aber bin ich auf Mamas Reaktion.

»Oh, eine Trillerpfeife«, sagt sie verwundert, als sie mein Geschenk ausgepackt hat.

»Oh«, sagen auch Papa, Nora und Oma, die die Pfeife natürlich sofort wiedererkennen. Es ist die Pfeife, die Oma mir zum Geburtstag geschenkt hat und mit der man unsere Begleiter sehen kann, auch wenn man selber keinen hat.

Dieter, Lasse, Mathilde und Gertrud, die durch die Terrassentür hereinschaut, sehen ebenfalls ziemlich überrascht aus.

Aber nicht so sehr wie Mama, als sie hineinbläst und zum ersten Mal alle unsere Tiere sehen kann. Sie fällt vor Schreck nach hinten in unsere Tanne, aber weil der Baum so einen dicken Stamm hat ist, kippt der nicht um. Papa hilft ihr schnell, sich aus den Ästen und dem Kabel der Christbaumbeleuchtung wieder zu befreien.

Den Rest des Abends sitzen wir auf dem Sofa zwischen den kahlen Zweigen der riesigen Tanne und erklären Mama alles. Die Geschenke sind ganz unwichtig geworden. Mama

hat ganz viele Fragen zu unseren Tieren und Papa wirkt ganz erleichtert, weil es jetzt endlich raus ist und er nach so vielen Jahren kein Eisbär-Geheimnis mehr vor ihr haben muss. Wir haben so viel zu erzählen, dass wir sogar das Festessen vergessen. Aber das macht nichts. Ich bin so aufgeregt, dass ich sowieso keinen Hunger habe, und Dieter futtert sich an seinem Süßigkeitenteller satt.

»Hey, ich habe auch noch ein Geschenk für Zora«, meldet sich Dieter, nachdem er die beiden Schokonikoläuse gefressen hat, mit denen er eigentlich seine Wettschulden hätte bezahlen sollen.

»Was denn?«, frage ich.

»Ein Gedicht, alle mal herhören! Ich habe es mir selber ausgedacht und auswendig gelernt habe ich es auch.«

Alle schauen gespannt zu Dieter, auch Mama, die dazu in ihre Pfeife bläst.

Dieter steigt auf einen Stuhl, räuspert sich und dann fängt er an zu singen:

»Stinkröckchen, Weißflöckchen,
wann kommst du geschneit?
Du kommst aus den Sternen,
dein Weg war so weit.

Komm, setz dich zu Tische,
du liebliches Tier,
du riechst so entzückend
wie uralte Fische.
Stinkflöckchen, du deckst uns
mit Stinkbomben zu,
so schlafen wir sicher
in himmlischer Ruh.

Schneeflöckchen, Stinkröckchen,
komm zu uns ins Haus.
Dann riecht es hier besser,
wir gehen niemals mehr raus.«

Als er fertig ist, verbeugt sich Dieter tief und wartet auf unsere Reaktion.

»Sehr schön«, sagt Papa.

»Wirklich hübsch«, sagt Mama.

»Mal was anderes«, sagt Oma.

»Cool«, sagt Nora.

Dabei kann man hören, dass sie das gar nicht so meinen. Ich bin die Einzige, die sich über das Gedicht freut, weil Dieter das extra für mich gedichtet hat. Lasse und Mathilde wälzen sich vor Lachen auf dem Boden und können sich gar nicht mehr beruhigen.

»Das ist das Blödeste, was ich jemals gehört habe«, wiehert Mathilde und Lasse keucht atemlos: »Wenn Dieter eine Schneeflocke wäre, würde er wenigstens verschwinden, wenn es taut.«

Dieter fängt vor Wut an zu zittern und ich weiß genau, was gleich passieren wird. Aber ich kann nichts dagegen tun, weil ich auf dem Sofa zwischen Oma, Mama und den Ästen unseres Tannenbaums eingeklemmt bin.

Dieter dreht sich um und kurz darauf ist sein berühmtes

Zischen zu hören. Für einen Moment hoffe ich, dass das Gegengift nicht gewirkt hat, aber da fängt es in unserem Wohnzimmer auch schon fürchterlich an zu stinken.

Wir laufen alle schnell in den Garten zu Gertrud, und als wir draußen auf der Terrasse stehen, fallen plötzlich Schneeflocken aus den Wolken. Viel mehr und viel größere als vorgestern Nachmittag. Es hört gar nicht mehr auf zu schneien und da ist der ganze Ärger wegen Dieters Stinkattacke plötzlich vergessen, weil es nichts Schöneres gibt als weiße Weihnachten. Den ganzen Abend bauen wir Schneemänner, die wie Stinktiere aussehen, und bewerfen uns mit Schneebällen. Vor allem Lasse scheint die Kälte und den Schnee richtig zu genießen, während Gertrud und Mathilde vor Kälte anfangen zu zittern. Die haben ja auch nicht so ein dickes Fell wie mein Stinktier und Papas Eisbär.

Wir gehen erst wieder rein, als sich der Gestank im Wohnzimmer verzogen hat und uns allen kalt ist. Sogar Lasse. Papa macht für alle warmen Tee und bringt auch Gertrud einen Eimer davon nach draußen, damit sie sich ein bisschen aufwärmen kann. Und dann sitzen wir noch ganz lange zusammen, quatschen, spielen Spiele und essen das, was Dieter uns übrig lässt.

»Ich habe übrigens das Christkind gesehen«, sagt Dieter, als wir sehr viel später im Bett liegen.

»Wann?«, frage ich zurück.

»Als wir draußen im Garten waren. Da flog es über den Himmel und sah wunderwunderschön aus«, behauptet er, aber das glaube ich ihm nicht. Ich brauche auch gar kein Christkind. Ich habe ja Dieter. Und ich habe meine Eltern. Genau wie Kati, die weiß jetzt auch, wer ihre echten Eltern sind. Die, bei denen sie lebt. Sogar die Chefin hat jemanden. Uns nämlich. Und meine Mutter hat die Pfeife und jetzt muss sie niemand mehr anschwindeln oder ihr etwas verheimlichen.

Ich fühle mich so richtig rundherum glücklich, weil die letzten Tage so aufregend waren und weil alles gut gegangen ist.

Dieter ist schon eingeschlafen. Er liegt auf meinem Bauch und schnarcht. Ich drücke meine Nase in sein weiches Fell. Er riecht jetzt nicht mehr nach Weihnachten, sondern müffelt wieder genauso wie früher.

Aber man kann eben nicht alles haben, sagt Oma immer. Nicht mal an Weihnachten.

© Random House/Isabelle Grubert

Rüdiger Bertram wurde 1967 in Ratingen geboren und arbeitete nach seinem Studium zunächst als freier Journalist. Heute schreibt er Drehbücher und hat zahlreiche erfolgreiche Bücher für Kinder veröffentlicht. Mit seiner Frau, seinen beiden Kindern und einem unsichtbaren weißen Kaninchen lebt er in Köln.

© privat

Thorsten Saleina war als Grafiker und Illustrator für verschiedene Werbe- und Designagenturen tätig, bevor er sich endgültig für die Illustration entschied. An seinem zehnten Geburtstag hätte er sich über eine Norwegische Waldkatze als Begleitung gefreut, wäre mit einem Stinktier aber auch nicht unglücklich geworden.

Rüdiger Bertram

An ihrem zehnten Geburtstag schlägt Zora die Augen auf und da sitzt es: Dieter, das Stinktier. Ihr Totemtier, das sie von nun an überallhin begleiten wird. Zora ist entsetzt, denn Dieter ist vorlaut, verfressen und eingebildet. Außerdem haben andere in ihrer Klasse richtig coole Tiere. Bis auf zwei. Leon und Anna, die mit Ratte Jasper und Faultier Paula zu den Außenseitern zählen. Höchste Zeit, das zu ändern, beschließt Dieter, der zwar frech, aber auch ziemlich verschmust und zudem äußerst einfallsreich sein kann, wenn es darum geht, Zora zu beschützen. Und so gründen die Freunde den »Club der doofen Tiere« und das bedeutet tierischen Spaß, bis es den anderen gewaltig stinkt.

Stinktier & Co – Gegen uns könnt ihr nicht anstinken
Band 1, 208 Seiten,
ISBN 978-3-570-17338-1

Stinktier & Co –
Stunk in der Geisterbahn
Band 2, 208 Seiten,
ISBN 978-3-570-17398-5

Stinktier & Co –
Stunk unterm Weihnachtsbaum
Band 3, 208 Seiten,
ISBN 978-3-570-17487-6

10381_3

cbj

www.cbj-verlag.de

Vera Schmidt

Mein Abenteuercomic

Mops und Kätt entdecken den Wald
Band 1, 80 Seiten
ISBN 978-3-570-17761-7

Mops und Kätt fahren ans Meer
Band 1, 80 Seiten
ISBN 978-3-570-17859-1

Mein Abenteuercomic – für den Spaß am Lesen!

Mops und Kätt sind allerbeste Freunde und richtige Entdecker. Egal ob im Wald oder am Meer, es gibt so viel zu erkunden und jede Menge Abenteuer zu erleben. In lustigen, vierfarbigen Comics und mit jeder Menge spannender Infos rund um die Lebensräume und ihre Bewohner werden Comicfans zu echten Naturforschern und richtigen Leseratten.

10442_2

cbj

www.cbj-verlag.de

Linda Chapman

Sternenfreunde

Glaubst du an Magie? Maja und ihre Freundinnen sind sich da ganz sicher. Und als sie die Tiere aus der Sternenwelt kennenlernen, ist das der Anfang eines großen magischen Abenteuers.

Maja und der Zauberfuchs
Band 1, 176 Seiten,
ISBN 978-3-570-17560-6

Leonie und die Wildkatze
Band 2, 176 Seiten,
ISBN 978-3-570-17561-3

Lottie und das Flitzhörnchen
Band 3, 176 Seiten
ISBN 978-3-570-17562-0

Sita und das magische Reh
Band 4, 176 Seiten
ISBN 978-3-570-17563-7

Maja und die Schattenmagie
Band 5, 176 Seiten,
ISBN 978-3-570-17720-4

10386_5

cbj

www.cbj-verlag.de

Sven Gerhardt

Mister Marple und die Schnüfflerbande

Wo steckt Dackel Bruno?
Band 1, 160 Seiten,
ISBN 978-3-570-17643-6

Die Erdmännchen sind los
Band 2, 160 Seiten,
978-3-570-17737-2

Auf frischer Tat ertapst
Band 3, 160 Seiten
978-3-570-17785-3

Ein Hamster gibt alles!
Band 4, 160 Seiten
978-3-570-17818-8

Die Schnüfflerbande, das sind Theo, Elsa und Hamster Mister Marple. Ihre Spezialität sind »tierische Angelegenheiten« aller Art, was nicht zuletzt Mister Marple zu verdanken ist, der für diese Fälle ein besonders feines Spürnäschen hat. Auch wenn Theo und Elsa total unterschiedlich sind, halten sie immer fest zusammen und können so fast jeden Fall lösen.

10416_4

cbj

www.cbj-verlag.de

Anna & Paula
Leon & Jasper
Dieter & Zora
Kati & Thao